HAYMON verlag

Andreas Neeser

Wie wir gehen

Roman

Der Autor dankt dem Aargauer Kuratorium für die Unterstützung seiner Arbeit.

AARGAUER KURATORIUM

Gedruckt mit freundlicher Unterstützung durch das Aargauer Kuratorium.

MIX
Papier aus verantwortungsvollen Quellen
FSC® C083411
FSC www.fsc.org

Auflage:
5 4 3 2
2023 2022 2021 2020

HAYMON verlag
Innsbruck-Wien
www.haymonverlag.at

ISBN 978-3-7099-3485-2

Buchinnengestaltung nach Entwürfen von himmel. Studio für Design und Kommunikation, Innsbruck / Scheffau – www.himmel.co.at
Umschlag: Katja Maasböl, Hamburg, www.maasboelbuch.de
Umschlagabbildung: Katja Maasböl, Hamburg, www.maasboelbuch.de unter Verwendung eines Fotos von iStock/vural
Satz: Da-TeX Gerd Blumenstein, Leipzig

Gedruckt auf umweltfreundlichem,
chlor- und säurefrei gebleichtem Papier.

Und ich überlege noch immer, wie ich mich nach unserer ersten Umarmung fühle. Allein wie sich das anhört: unsere Umarmung. Vielleicht war es das gar nicht, vielleicht hast du es nur geschehen lassen.

Während deine Enkelin die Schokoladenmousse auf den Tellern arrangierte, gingst du um den Esstisch herum, den Blick auf die leeren Teller, Gläser und Schalen gerichtet. Dachtest du, was ich dachte? Wenn von einem nicht mehr bleibt als ein Rezept für Schokoladenmousse. Das denke ich immer, wenn Noëlle ihre *Oma-Mousse* macht. Oma, Mama, Verena – sie hat gefehlt, wie sie die Jahre zuvor gefehlt hat. Wenig ist das nicht, im Gegenteil, wenn man fehlt in den kleinen Dingen.

Dann bist du bei der Balkontür stehen geblieben.

Wie schnell die heute bauen, hast du gesagt. Ein paar Wochen noch und der Kasten steht. Direkt vor eurer Nase.

Ich bin aufgestanden und habe mich neben dich gestellt.

Du solltest endlich Vorhänge kaufen, hast du gesagt.

Das da drüben ist die Schlafzimmerseite, Vater. Wenn uns jemand im Pyjama beim Essen zusehen will – gerne.

Vor die Fenster gehören Vorhänge. Beim Balkon sowieso. Das hat dir auch Verena gesagt.

Du hast den Kopf geschüttelt und hörbar durch den Mund ausgeatmet, wie du es immer tust, wenn du genervt bist oder beleidigt.

Minergie, habe ich gesagt.

Großartig. Ein Klotz vor dem Kopf, aber immerhin Minergie.

Das spart Heizkosten. Und schont die Umwelt.

Wers glaubt. – Reine Geldmacherei ist das.

Und das Lamm? Wars wieder zu wenig durchgebraten?

Also das Gratin –

Immerhin, sagte ich.

Wie wir eben miteinander reden.

Aber dann habe ich noch etwas gesagt.

Und weißt du was, Geburtstagskind? Du kannst stolz sein, habe ich gesagt. Ehefrau, Tochter, Enkelkind. Ein eigenes Haus und ein langes Berufsleben. Ich finde, junger Mann, du hast einiges richtig gemacht in deinem Leben. Und das mit den Tierchen – das hast du jetzt auch im Griff.

Dann habe ich dich umarmt. Zum ersten Mal. An deinem dreiundachtzigsten Geburtstag, Vater.

Und jetzt weiß ich auch nicht weiter.

„Die Rechnung bitte“, sagte Mona und legte das Diktiergerät auf den Tisch. Sie trank den letzten Schluck Cappuccino, hielt nach Noëlle Ausschau, die eben noch auf der Schaukel gesessen und mit ihrem Smartphone hantiert hatte.

Die zugige Gartenterrasse war spärlich besetzt, im Lauf des Tages hatte sich eine schmierige, bleischwarze Decke über den Himmel gezogen. Fernsicht gab es nur auf dem Prospekt der Gaststätte. Weit unten, in der Talsenke, war die Stadt zu erahnen, lebloses Betongrau: der mittelalterliche Kern, die Agglomerationssiedlung am Fluss, etwas weiter gegen Osten die Müllverbrennungsanlage, im Süden der mächtige Bettenturm des Krankenhauses.

In einem der Nebengebäude war Monas Vater vor sechs Jahren operiert worden; eine Routineuntersuchung hatte einen stark erhöhten PSA-Wert an den Tag gebracht. Die umgehend durchgeführte Biopsie der Prostata bestätigte die Befürchtungen, machte ihren Vater von einem

Moment auf den andern zum Krebspatienten. Um die Hoffnung am Leben zu halten, wurden ein paar Wochen später Drüse und Samenbläschen komplett entfernt.

Damals hatte Mona sich das Diktiergerät gekauft. Kaum war ihr Vater wieder zu Hause, brachte sie es ihm vorbei. „Erzähl", sagte sie. „Erzähl mir deine Kindheit, deine Jugend. Du bist mein Vater, und ich weiß so wenig über dich, am wenigsten von früher. Stichwörter, die ich irgendwann aufgeschnappt habe, mehr nicht." – Der Vater hob abwehrend die Hände. „Ach was. Kommt nicht in Frage. – Das Gute am Leben ist ja, dass es jeden Tag ein bisschen mehr vorbei ist. Nicht, dass du mich falsch verstehst: Ich habe nicht vor, schon jetzt abzutreten. So schnell bringt mich dieser Krebs nicht um."

Über Wochen sprach Mona ihren Vater bei jeder sich bietenden Gelegenheit auf die Jugenderzählung an, machte ihm klar, dass es ihr bloß um die Fakten gehe, darum, von seiner Kindheit, die sie nur aus Andeutungen und Nebensätzen kenne, ein konkretes Bild zu bekommen. Immerhin sei er ihr Vater und sie würde gerne wissen, wie er das geworden sei.

„Verstehst du", sagte Mona, „wir sind ja nicht, wir werden, jeden Tag ein bisschen mehr. So ist es doch. Ohne Vergangenheit gäbe es uns nicht. Klar, die Krankheit, sie verändert die Gegenwart, auch meine. Und die Zukunft. Gerade deshalb ist die Vergangenheit wichtig. Wertfrei. Als Wegstrecke von hinter dem Mond bis hier, als Abfolge von Momenten und Ereignissen. Keine Psychologie, Vater, bloß nicht. Ich will die Geschichte."

„Die ist schnell erzählt“, sagte er. „Viel ist da nicht hängen geblieben.“

„Du tust es?“

„Wenn es sein muss.“

„Es muss sein“, sagte sie.

Monas Vater ließ sich Zeit mit seiner Geschichte. Dann aber brachte er ihr das Diktiergerät zurück. Ohne sichtbare Regung drückte er es ihr in die Hand: „Siebenundvierzig Minuten für vierundzwanzig Jahre“, sagte er, „mehr ist mir nicht eingefallen. Hab ich dir ja gesagt. Viel Gestotter, viele Pausen, man muss auch mal nachdenken beim Reden. So bleibt am Ende wenig von einem Leben. Sehr wenig.“

Er hatte den Kopf gehoben und über die Tochter hinweg in seine eigene Ferne geschaut.

Mona bezahlte, ließ das Rückgeld ins Portemonnaie des Kellners fallen. Sie sah sich erneut nach Noëlle um, ihr schweifender Blick blieb hängen am Bettentrakt des Krankenhauses. Er stand da wie ein grauer Legostein, den jemand in eine Spielzeuglandschaft gestellt und dann vergessen hatte.

Sie fuhr über die silberne Oberfläche des Diktiergeräts. Seit dem Tag, als der Vater es ihr wieder in die Hand gedrückt hatte, war es ihr ständiger Begleiter. Sie steckte es in die Handtasche, wenn sie aus dem Haus ging, und nachts lag es auf dem Nachttisch. Wann immer sie wollte, konnte sie auf *Wiedergabe* drücken, das gespeicherte Leben des Vaters abrufen, zum Eigenen machen, was ohnehin zu ihr gehörte.

Über all die Jahre hatte es dafür keine Notwendigkeit gegeben. Sie hatte die Geschichte ihres Vaters mit sich getragen wie ein Vermächtnis. Das hatte genügt. Nicht ein einziges Mal hatte sie sich das Band auch wirklich angehört. Aber sie mochte die Vorstellung, dass in diesem kleinen Gerät nicht nur Vaters Erzählung abgelegt war, sondern dass es da auch unendlich viel Platz gab für das Gespräch mit ihm. Irgendwann, dessen war sie sich sicher, würde sie damit anfangen. Alles, was ihr zu diesem Leben einfiel, auf das virtuelle Band sprechen. Jeder so gebannte Gedanke, jede Mitteilung an den Vater wäre ein digitales Gräblein, jede Aufnahmesequenz ein virtueller Friedhof, von ihr selbst anzulegen und nach Belieben zu erweitern. Ein Ort, von dem ihr Vater nie erfahren würde, und einer, den sie zu seinen Lebzeiten nicht begehen würde. So hatte sie sich das gedacht, all die Jahre.

Und dann war die Zeit für den Anfang gekommen, an seinem dreiundachtzigsten Geburtstag. Sie hatte dem Vater noch etwas Schokoladenmousse mitgegeben, das Geschirr gespült und sich dann allein an den Esstisch gesetzt. Kurz vor Mitternacht drückte sie die Wiedergabetaste. Siebenundvierzig Minuten Kindheit und Jugendzeit ihres Vaters Johannes. Danach holte sie sich ein Bier aus dem Kühlschrank, legte das silberne Kästchen vor sich auf die Tischplatte.

„Lieber Vater“, sagte sie probehalber.

Dann hatte sie *Aufnahme* gedrückt.

Trotz seines fortgeschrittenen Alters hatte sich Monas Vater erstaunlich schnell von der schweren Operation erholt. Er gewöhnte sich an die Einlagen in der Unterhose, trainierte verbissen die Stellvertretermuskulatur, um „das Leck da unten“, wie er sagte, wieder unter Kontrolle zu bekommen. Sie bewunderte ihn für die Kraft, mit der er kämpfte für seine Würde als Mann, für seine Selbstachtung als Mensch.

Dann stieg das prostataspezifische Antigen erneut. Die „Tierchen“, wie sie die Tumorzellen halb im Scherz, halb aus Verzweiflung nannte, waren wieder da, rotteten sich in ihrem Vater zusammen, um zu Ende zu bringen, was sie vor fünf Jahren angefangen hatten. Und erneut legte ihnen die Medizin das Handwerk. Dreißig Bestrahlungseinheiten und mehrere Hormonspritzen später waren sie definitiv eliminiert oder ließen ihn wenigstens unbehelligt. Seit Monaten waren seine Werte unauffällig, der PSA-Wert praktisch bei null.

So hatte Monas Vater seinen dreiundachtzigsten Geburtstag gefeiert, müde und abgekämpft, gezeichnet von der zugleich lebenserhaltenden und zerstörerischen Tortur. So war er nach dem Essen bei der Balkontür gestanden, ein sehr alter Mann.

„Mama – die Wuschels!“, rief Noëlle.

Mona verstaute das Diktiergerät in der Handtasche, ging der Stimme ihrer Tochter nach, die beim Außenstall des angrenzenden Bauernhofs auf ihre Lieblingstiere gewartet hatte.

Bei ihrem ersten Besuch in der hoch über der Stadt gelegenen Gaststätte, es war ein Ausflug mit Oma und Opa gewesen, hatte Noëlle die schottischen Hochlandrinder wegen ihres zotteligen Stirnhaars „Wuschels" genannt und sie war dabei geblieben, obwohl die Tiere von damals längst geschlachtet waren.

Als Mona beim Stall ankam, war Noëlle bereits dabei, die zutrauliche, rotbraune Alte zu füttern, die ihre ausladenden Hörner durch die Holzstäbe der Futterkrippe streckte und nicht genug zu bekommen schien vom frischen Gras, das Noëlle büschelweise herangetragen hatte.

„Danach müssen wir aber los", sagte Mona. „Du hast die Hausaufgaben noch nicht gemacht. Und der Kühlschrank ist leer."

„Hausaufgaben? – Mama, du lernst es nie."

„Ich weiß. Und einkaufen soll ich allein."

„Genau", sagte Noëlle. „Weil ich ja mit Dana ins Kino gehe. Hast du sicher nicht vergessen. – Und die andern hier wollen übrigens auch", sagte sie und wedelte so lange mit einem weiteren Grasbüschel, bis auch die beiden Kälber sich auf die Futterkrippe zu bewegten.

Mona schaute auf die Uhr. In einer halben Stunde würde Noëlle zurück sein. Unter der Woche nie später als halb elf, das war die Abmachung. Mona warf einen Blick in Noëlles Zimmer, schaute ein paar Augenblicke den bunten Fischchen zu, die über den Bildschirm schwammen. Dann ging sie in die Küche, machte sich einen Tee und stellte sich an die Balkontür.

Der Rohbau, der aus der riesigen Grube gewachsen war und noch weiter wuchs, erschien im gedämpften Licht der Quartierbeleuchtung noch klotziger als bei Tag, die Aussparungen für die Fenster waren schwarze Löcher, die Monas Blick in eine kalte Leere hineinzogen. – Die erste Umarmung, und du bist dreiundachtzig, dachte sie. Eine Umarmung zwischen Lammfilet und Schokomousse. Und was bedeutete das jetzt? Ein spontaner Ausdruck von Zugehörigkeit, vielleicht. Dankbarkeit, Rührung – alles zusammen. Liebe, ja, das auch. Aber die erste Umarmung? Wohl kaum. Die erste, bestimmt, seit sie kein Kind mehr war, denn Vater war nicht leicht zu umarmen gewesen – leicht zu umarmen bist du nicht. Nicht, weil du mein Vater bist, nicht, weil ich deine Tochter bin. Sondern weil du so ein Vater bist. Aber was weiß ich schon! Was weiß ich von dir?

Johannes Elias Haller,
aufgewachsen mit drei älteren Schwestern,
bis zum Ende der Schulzeit teilzeitverdingt auf dem Bauernhof des Onkels,
Tuberkulose,
Schlosserlehre,
Tuberkulose, halbseitige Lähmung,
Ausbildung zum Rollladenmonteur,
mit vierundzwanzig: Heirat mit Verena Müller,
ein Jahr später ein Kind: Monika,
fünfzehn Jahre später ein Nachzügler: Martin, tot zur Welt gekommen,
Umschulung zum Busfahrer,
Arbeit bei den Städtischen Verkehrsbetrieben bis zur Pensionierung,
sieben Jahre später: Tod der Ehefrau Verena, Hirnschlag,
Prostatakrebs mit siebenundsiebzig, operiert,
Rückfall mit zweiundachtzig, bestrahlt, geheilt,
seit gestern dreiundachtzig.

Das bist du, den ich nicht kenne. Daran ändern auch die siebenundvierzig Minuten über den jungen Johannes nichts. Denn wie man so einen Vater aushält, eine Kindheit als Verdingter, was das mit einem macht, was so ein Junge für ein Vater wird. Dass mich das kümmern muss, weil es auch mich betrifft, alles das, was wir einander sind und nicht – so richtig ist mir das erst gestern bewusst geworden.

Deshalb die Umarmung.

Deshalb die Umarmung?

Ich weiß es nicht.

Die Scheinwerfer eines vorbeifahrenden Autos ließen die etagenhohe Metalltafel gegenüber aufblitzen, die das Baukonsortium zu Informations- und Werbezwecken am Gerüst befestigt hatte. Sekundenlang leuchtete die frühe Nacht, dann war der Spuk vorbei. Mona nippte an der Tasse, setzte sich an den Esstisch.

Gewiss, ich habe mir oft Gedanken gemacht über dein Leben, soviel ich eben davon wusste. Und ich habe ziemlich früh begriffen, wer für dieses Leben verantwortlich war, von Anfang an. Dass ich deinen Vater schon früh aus meinem Leben gestrichen hatte, hast du nie verstanden. Dass ich mich als Studentin weigerte, den Todkranken noch einmal zu besuchen, hat dich getroffen; richtig übelgenommen hast du es mir allerdings nicht. – Damals schon hätte ich weiterforschen sollen, mehr wissen wollen. Ich habe es nicht getan. Denn ich habe mir dich nie anders vorstellen können als so, wie ich dich vor mir gesehen habe. Nie bist du mir etwas anderes gewesen als Gegenwart. Mehr habe ich nicht gewollt. Und mehr hättest du mir auch nicht sein können. Denn da war diese Leerstelle. Seit ich aufgehört hatte, Kind zu sein, spätestens seit meinem Übertritt ans Gymnasium, gab es so etwas wie eine Nullspanne zwischen uns, und sie wuchs. Nicht, dass etwas zwischen uns gestanden wäre, im Gegenteil: Getrennt hat uns das, was trotz aller Liebe nicht da war. Ich habe das hingenommen, mich arrangiert mit dem, was da war.

Das hat mir genügt. – Falsch. Ich habe mich damit zufriedengegeben. Bis gestern.

Im Flur war die Wohnungstür zu hören. Noëlle drehte von innen den Schlüssel und schlüpfte in die Hausschuhe. Ohne ihre Mutter zu beachten, ging sie in die Küche, öffnete den Vorratsschrank.

„Es hat noch einen Teller Suppe“, sagte Mona.

„Die Schokolade hast du gegessen?“

„Und wie wars?“, sagte Mona.

„Wie immer.“

„Jungs waren auch dabei?“

„Mama!“, sagte Noëlle, huschte mit leeren Händen am Esstisch vorbei und verschwand in ihrem Zimmer.

Die Straßenbahn hatte an der letzten Haltestelle gestoppt. Ein älteres Paar stieg aus, eine sehr junge Mutter mühte sich mit Kind und Wagen. Mona erhob sich, klemmte sich die Studentenmappe unter den Arm und stieg aus.

Sie wartete, bis die Bahn wieder zurückfuhr, versuchte sich zu orientieren. Über die Jahre war die Stadt in die alte Einfamilienhaussiedlung hinausgewuchert, die damals noch ein Dorf gewesen war. Auf den ausgedehnten Grünflächen zwischen den Häuschen aus den Vierzigerjahren waren Wohnblocks gebaut worden, Kinderspielplätze, billiger Wohn- und Lebensraum. Satellitenschüsseln hingen wie kosmische Gewächse neben Balkongeranien.

Erlenweg. Die Haltestelle hieß noch, wie sie damals geheißen hatte. Erlen hingegen hatte es da draußen auch früher nicht gegeben, als die Leute vom Dorf noch mit dem Bus in die Stadt gefahren waren, über das offene Feld.

Alles, was Mona von der Haltestelle aus sah, war ihr fremd. Während sie sich aufs Geratewohl in Bewegung setzte, flackerten Erinnerungen an das Haus ihrer Großeltern auf. Die roten Fensterläden, der Kaninchenstall, der Zaun, der das Grundstück einhegte, das am verwitterten Briefkasten angebrachte Schild. Die *Warnung vor dem Hunde* war allerdings schon damals überflüssig gewesen, den Spaniel hatte es längst nicht mehr gegeben.

Mona überquerte die Straße, ging auf einen der Blocks zu, hinter dem sie das Haus ihrer Großeltern vermutete. Das Gewicht der alten Bilder, Sätze und Gerüche, das sie schon während der Fahrt vom Hauptbahnhof in den Sitz gedrückt hatte, verlangsamte zunehmend ihren Schritt. – Wie lange war sie nicht mehr hier gewesen? Sieben Jahre? Acht? Und nichts vermisst. Am allerwenigstens den säuerlichen, leicht ranzigen Geruch, der aus Großvaters Kragen gestiegen war und ihr jede freiwillige Annäherung verunmöglicht hatte.

Mona schwitzte. Ein regnerischer Apriltag war angekündigt gewesen, doch schon während der letzten Vorlesung an der Uni hatten sich die Wolken verzogen, eine drückende Hitze hatte sich über den Asphalt gelegt. Sie beschloss, die Einladung der Leuchtreklame schräg gegenüber anzunehmen und sich in das angenehme Klima des orientalischen Restaurants zurückzuziehen. Für den ersten Besuch bei den Großeltern seit so langer Zeit brauchte sie einen kühlen Kopf. Zwar hatte sie sich aus freien Stücken auf das Unterfangen eingelassen, das änderte aber nichts daran, dass sie es immer mehr als Zumutung empfand.

Sie bestellte ein helles Bier, und nach ein paar Schlucken fühlte sie sich besser.

Seit drei Wochen fuhr Mona nun schon in die Stadt, besuchte täglich Vorlesungen, ging ins Kino, ins Kunstmuseum oder las an der Seepromenade französische und arabische Dichter. Sie genoss die Freiheit fern von zu Hause und sie freute sich darauf, sich mit dem Geld, das sie in den Semesterferien verdienen würde, in eine Studenten-WG einzumieten.

Noch immer hatte Mona den säuerlichen Großvatergeruch in der Nase. Sie verlangte nach einem zweiten Bier. Schluckweise bekamen ihre Gedanken die Schärfe, die sie von ihnen erwartete: Was sie hier tat, was ihr bevorstand – ein Zeichen des guten Willens, eine Geste der Dankbarkeit an die Adresse der Eltern. Trotz allem. Denn sie hatten es immer zu gut gemeint mit dem Alten. „Mona – er ist doch dein Großvater." „Mona – sei doch nicht so streng mit ihm." „Mona – er kann doch auch nicht aus seiner Haut." Zu gut meinten sie es noch immer, und sie würden nie damit aufhören können. Weil sie es mit allen zu gut meinten, außer mit sich selbst. Fürsorge ohne Ende. Mit Betonung auf Sorge. Viel zu viel hatte sie über die Jahre davon abbekommen. Immerhin, nie war sie dazu gezwungen worden, den Respekt vor ihnen zu verlieren. Auch deshalb hatte sie sich zu diesem letzten Besuch bei Großvater durchgerungen.

„In diesem Sinne", sagte Mona halblaut und winkte mit der Flasche in Richtung Tresen, bevor sie sie in einem Zug leertrank.

Draußen nahm der Feierabendverkehr zu, die Sonne leuchtete das spärlich mit Billigmöbeln eingerichtete Lokal aus und warf bizarre, lange Schatten über die Tische. Die Erinnerungen, die Mona während der Fahrt eingeholt hatten, wurden deutlicher, die einzelnen Bruchstücke fügten sich nach und nach zu einem bis in die Einzelheiten präzisen Eindruck. Mona fühlte sich leicht und hell.

Sie sah sich an jenem Ostersonntag, elf war sie damals gewesen. Ein Großfamilientreffen hätte es werden sollen, wie immer an den hohen Feiertagen. Meistens kamen alle vier Kinder der Großeltern; die aus verschiedenen Landesteilen angereisten Familien brachten Kuchen und Torten und andere Süßigkeiten mit. An jenem Sonntag aber hatten sie alle wichtigere Termine gehabt.

Für einmal wimmelte es im großelterlichen Wohnzimmer nicht von Verwandten. Von der Türschwelle aus blickte die kleine Mona in eine tranige Düsterkeit. – Die schweren, blickdichten Vorhänge sind fast über die ganze Fensterbreite gezogen, Schimmer von Licht liegen wie zäher Nebel über dem Boden, der Geschirrkommode und dem Tisch, der mit einem orangebraunen Tuch überzogen ist. Großmutter sitzt auf einem der sechs Stühle, das Kreuzworträtsel ist noch längst nicht gelöst. „Sieh an, wie hübsch das Kind wieder angezogen ist. Und diese Zöpfchen“, sagt sie zur Begrüßung. „Aber das Wetter, Verena, nicht wahr. Drückt einem fast den Schädel ein.“ Schräg gegenüber sitzt der Großvater im Ohrensessel, starrt an die Wohnzimmerdecke. Als Mona zu ihm hintritt, wie es von ihr verlangt ist, wendet er den Kopf, öffnet die Lippen. Dann versinkt er noch ein wenig tiefer im Polster. Die kleine Mona bleibt einen Augenblick bei ihm stehen, die Hand zum Gruß ausgestreckt, als erwarte sie, dass es diesmal anders ist, dass sich etwas in diesem Menschen regt, der ihr Großvater ist, doch einzig die Nachrichtenbilder aus irgendeinem Krieg blitzen stroboskopisch über sein mürbes Gesicht.

Während ihre Eltern mit der Großmutter verwandtschaftliche Neuigkeiten auszutauschen beginnen, zieht sich Mona wieder auf die Türschwelle zurück, betrachtet den Großvater, dem immer wieder die Augenlider zufallen. Langsam schieben sie sich über die Augäpfel, bis eine unerwartete Kraft sie wieder für einen Moment aufreißt.

„Hallo?!", sagte Mona. Ohne aufzuschauen, streckte sie die leere Flasche in die Luft.

Diesmal brachte der Kellner zwei Bier.

„Zimmerstunde", sagte er. „Darf ich mittrinken?"

Er warf seine Rastalocken lässig über die Schulter, schaute Mona an wie einer, der sich seiner Sache sicher war.

„Stunde der Wahrheit", sagte Mona, legte einen Geldschein auf den Tisch, klemmte sich die Mappe unter den Arm und eilte aus dem Lokal.

Jeder Schritt, der sie näher zu ihrem Großvater brachte, machte sie trotziger. – Und wie hatte man sich einen vorzustellen, dem die Ärzte nur noch eine Nacht gaben? Wie viel toter als damals würde Großvater sein?

Wie viel weniger tot als einer, der das Sterben bereits hinter sich hatte? Das war doch alles sinnlos. Die Besichtigung eines Sterbenden; etwas anderes würde der letzte Besuch bei Großvater nicht sein. Und überhaupt: Auch wenn sie nach jenem Ostersonntag vor sieben Jahren noch einige Familientreffen hatte über sich ergehen lassen müssen – genau genommen war sie schon damals mit Großvater fertig gewesen. Für immer.

Mittlerweile hatte sich Mona in den Gassen zurechtgefunden, bog um eine weitere Ecke und erkannte das Haus der Großeltern. Die roten Fensterläden waren verwittert, glänzten matt in der Sonne. Mona blieb stehen, betrachtete aus einiger Distanz das Haus, in dem ihr Großvater gerade die letzten Atemzüge tat. In der Hauseinfahrt standen die Autos von Vaters Schwestern. – Brav angerollt, die Verwandtschaft. Fehlten nur noch die Eltern, aber die würden auch noch kommen. Gestorben wurde hier so schnell nicht wieder; zu gut war die alte Rosa noch beisammen. Abschied nehmen. Wovon denn eigentlich? Was war das, was da irgendwo hinter den Fensterläden und den Vorhängen lag? Ein elendes Häufchen Leben, das diesen Abschied nicht verdient hatte. – Deshalb, Gottlieb, bin ich die Einzige, die nicht an deinem Bett stehen wird. Und ich fahre mit gutem Gewissen wieder nach Hause. Aber denk nicht, ich verzeih dir. Du sollst alles mitnehmen, was du meinem Vater angetan hast. Alles. Du erinnerst dich natürlich nicht mehr an jenen Ostersonntag, als wir die einzigen Besucher bei euch waren. Egal. Jedenfalls wollte ich danach wissen, was du für einer seist. Alt seist du halt geworden, habest kein schönes Leben gehabt, sagte Vater. Dann habe man es eben mit dem Gemüt, aber das sei alles nicht so schlimm, mein Großvater seist du dennoch, noch immer. Vater schützte dich, und auch sich selbst. Ich ließ nicht locker, wollte mehr wissen von diesem angeblich unschönen Leben. Widerwillig gab Vater das eine oder andere preis – aus deinem Leben und aus seinem. Was ich damals erfahren habe, war nicht viel, aber ich habe es mit mir mitgeschleppt, das Unfassbare in mir verstaut, da, wo der kindliche Schmerz erträglich war. Dabei war mir immer klar, was ich über dich weiß, reicht aus, dich voller Verachtung abtreten zu lassen, wenn es soweit sein wird. Jetzt ist alles wieder da. Ich fasse es noch immer nicht. Zu einem Knecht hast du meinen Vater gemacht. Ihn für Unterkunft und Verpflegung auf dem Bauernhof deines Bruders schuften lassen. Weil du zu viel gebumst und zu wenig über das Haushaltsbudget nachgedacht hast. Ziemlich gottlos, Gottlieb. Einen Dreck hast du dich um deinen Johannes gekümmert, den Sohn, der zu viel war. Dein Fleisch und Blut. Du hast nie darüber gesprochen, auch nicht mit Vater, natürlich nicht. Dazu warst du zu feige. Der Rückzug in die Schwermut, das Abtauchen in die innere Leere war der einfachere Weg. Wie jämmerlich. – So stirb. Ich gehe jetzt. Gleichgültig, so, wie ich mir das heute Morgen vorgenommen habe, fahre ich zurück. Vollkommen gleichgültig. Leichtes Gepäck.

Mona drehte sich um, ging den Weg, den sie gekommen war.

Vor dem orientalischen Restaurant fiel ihr Jerry ein. Den Spaniel der Großeltern hatte sie immer gemocht. Ein so fröhlicher Hund, dachte Mona, und so verspielt. Sie schmunzelte, als sie die Tür aufstieß.

Zielstrebig ging sie durchs Lokal, setzte sich an den Bartresen.

„Noch eins?", fragte der Rastamann, kniff die Augen zusammen und lächelte.

„Zwei", sagte Mona.

Siebenundvierzig Minuten. – Du hast deinen Job getan; ich taste mich an meinen heran. Leicht ist es nicht, aber ich werde eine Sprache finden.

Das bin ich uns beiden schuldig.

Eine Umarmung zwischen Lammfilet und Schokomousse. So alt also haben wir werden müssen.

Ich spreche in dieses elektronische Kästchen, und ich werde es immer wieder tun, weil es keinen Sinn hat, miteinander reden zu wollen. Das sage ich ohne Bitterkeit. Es hat keinen Sinn, jetzt das Gespräch zu beginnen, das wir ein halbes Leben lang nicht geführt haben. Aber ich hoffe, es wird uns beiden helfen, wenn ich von mir zu dir rede, und mit mir selbst. Denn ich werde es so lange tun, bis du mir geworden bist, was du zu lange nicht warst.

Die beiden Rolltreppen spülten eine Welle von Zugreisenden in die Bahnhofshalle. Pendler zumeist, die sich in die Innenstadt verloren oder zum Busbahnhof eilten. Mona stand seit geraumer Zeit bei einem der Imbissstände und ließ die Rolltreppen nicht aus den Augen, die noch immer einzelne Reisende in die Halle förderten.

Sie presste die Lippen zusammen und hängte sich die Tasche um. Der Mann, auf den sie gewartet hatte, sah sie nun ebenfalls, lachte ein offenes und zugleich verlegenes Lachen, als er auf sie zukam.

„Schön, dich zu sehen, Salim", sagte Mona. „Alles gut?"

„Alles gut", sagte er. „Mund nicht gut".

Mona zog die Brauen hoch, forderte ihn auf, ihr ins Bahnhofsbistro zu folgen.

„Na dann lass dich mal anschauen", sagte sie, als sie sich gegenübersaßen. „Von außen sieht man nichts, keine Schwellung."

„Ja, nicht gut."

„Warst du denn nicht beim Zahnarzt? Das hatten wir doch so vereinbart."

„Gestern Zahn ist weg. Heute viele Schmerz."

„Das wird jetzt besser. Ich wünsch es dir, Salim. Dann wirst du den Kopf wieder freihaben."

„Frei, gut."

„Dann kannst du wieder denken."

„Ich bedanke Ihnen, Mona."

Salim stocherte in seinem Cappuccino. Furchen zogen sich über seine Stirn. Dann stecke er die Hände in die Taschen seiner abgetragenen Kunstlederjacke.

Vor zwei Monaten war Mona dem Asylsuchenden zum ersten Mal gegenübergesessen, im Besprechungszimmer der Beratungsstelle. Schon damals war es um Salims entzündeten Zahn gegangen. Mona war vom zuständigen Betreuer als Dolmetscherin aufgeboten worden, weil Salim abgelehnt hatte, sich den Zahn ziehen zu lassen. Mona hatte ihm klargemacht, dass Reparaturen an Flüchtlingszähnen vom Staat nicht vorgesehen seien und auch nicht bezahlt würden. Der Leiter der Asylunterkunft rate ihm deshalb, auf den Zahn einfach zu verzichten, wenn er den Schmerz loswerden wolle.

Zwei weitere Male war Mona auf Wunsch von Salim gerufen worden. Einmal, weil er der Verlegung in eine von der Armee nicht mehr genutzte unterirdische Anlage hatte entgehen wollen, das andere Mal war die Möglichkeit der Mitbenützung eines Künstlerateliers diskutiert worden.

Mona mochte die sporadischen Aufgebote des Migrationsamtes. Wohl war sie nach fünfundzwanzig Jahren als Übersetzerin in einer großen Übersetzungsagentur noch immer überzeugt, ihre Berufung leben zu können, und noch immer war es für sie ein Glück, arabischen Texten eine neue Existenzform zu geben, doch die Begegnungen mit hilfesuchenden Menschen gaben ihrer Beschäftigung mit der arabischen Sprache und Kultur einen ganz anderen Sinn. So belastend und aufwühlend die Gespräche auch sein mochten, sie gaben ihr so etwas wie Boden unter den Füßen.

Nach der Trennung von Pierre, ihrem Noch-Ehemann und Vater ihres Kindes, hatte sie sich vor eineinhalb Jahren neu orientiert, wieder Fuß zu fassen versucht in einem Leben, das sie aus der Bahn geworfen hatte. Schließlich hatte sie einem inneren Drängen nachgegeben, das seit geraumer Zeit stärker geworden war: ihre Arabischkenntnisse dort einzusetzen, wo sie wirklich gebraucht wurden, für jene, die ihre Sprache noch fremder machte im fremden Land. So hatte sie ihr Agentur-Pensum auf achtzig Prozent reduziert und sich beim Migrationsamt als freiwillige Übersetzerin gemeldet. Sie wurde aufgeboten für die Beratung von unbegleiteten minderjährigen Asylsuchenden, für die Begleitung von Eltern, deren Kinder in der Schule überfordert waren, für juristische Angelegenheiten, Integrationsmaßnahmen oder Fragen der Unterbringung. Jedes Gespräch war ein schwieriges Gespräch, eine Herausforderung insbesondere dann, wenn die Geflüchteten nur Dialekt sprachen und kaum schreiben konnten. Menschlein waren es, kleingemacht von den Schrecken des Kriegs und des Terrors im Heimatland, traumatisiert vom Trennungsschmerz, der wochenlangen Flucht, zermürbt von der Verlorenheit in einer ganz und gar unbekannten Welt.

Salim war einer von ihnen. Knapp über vierzig, ein syrischer Christ. Als Kunstmaler hatte er in Az-Zabadani seinen Lebensunterhalt bestritten, mehr schlecht als recht. An Leib und Leben bedroht vom Islamischen Staat, hatte er das Nötigste in einen Koffer gepackt und seine Eltern verlassen, sein geliebtes Land, sich selbst, um ein anderer zu werden an einem anderen Ort. Der Schlepper hatte ihn über die Balkanroute in eine Sicherheit geführt, die keine war.

Gut ein Jahr war seit seiner Unterbringung im Auffangzentrum vergangen. Fünf Mal bereits hatte er die Unterkunft wechseln müssen, strategische Verlegungen, die jede Form von Anfang im Keim erstickt hatten.

Mona war beeindruckt gewesen von diesem Mann, von seinem unbedingten Willen, sich neu einzurichten in sich selbst, und von der Sorgfalt, mit der er dieses existenzielle Unterfangen immer wieder neu anging. Bevor er aus ihrem Zuständigkeitsbereich geschoben worden war, hatte sie ihm ihre Handynummer gegeben, für alle Fälle. Tatsächlich meldete er sich dann und wann mit kaum verständlichen Botschaften.

„Und?“, sagte Mona. „Angefangen?“

„Nein, anfangen nicht. Warten bis über und nächste Monat. Kopf nicht gut. Viele Problem.“

Mona verdrehte die Augen, lehnte sich zurück, dann sah sie Salim streng an.

„Du musst Deutsch lernen, Salim, so schnell wie möglich. Verstehst du das? Das ist deine einzige Chance. Alles vom Migrationsamt bezahlt. – In der neuen Unterkunft gibt es bestimmt Leute, mit denen du reden kannst."

„Zwei Raum in Container. Acht Mann, Nigeria, Afghanistan, Irak. Kein Deutsch. Aber ich bedanke Ihnen, Frau Mona."

„Es heißt: Ich danke Ihnen. – Und du darfst mich duzen."

„Danke, ja."

„Hast du dich denn überhaupt angemeldet für den Kurs?", fragte Mona.

„Ja, morgen anmelden."

„Also hast du nicht."

„Kopf nicht gut. Kopf alt."

„Deine Entscheidung, Salim. Ich sag dir nur: ohne Deutsch kein Job. Ohne Deutsch gar nichts. Oder andersrum: Mit jedem Wort, das du lernst, werden die Probleme weniger. Mit jedem deutschen Satz wirst du jünger im Kopf, glaub mir. Wollen aber musst du schon selbst, einen anderen Kopf hast du nun mal nicht. Verstehst du das? Erst dann kann ich dir richtig helfen."

„Ja, ich bedanke Ihnen", sagte Salim und legte ein paar Münzen auf den Tisch. Sein Gesicht war leer. „Salim jetzt gehen, Frau Mona", sagte er, deutete eine Verbeugung an und ging.

Mona hob die Hand, ließ sie wieder sinken und suchte eine bequemere Position auf dem Bistrostuhl. Halb aus Wut, halb aus Ohnmacht bestellte sie ein Bier. Seit ihren Studentinnentagen trank sie in Situationen bedrohlicher Ratlosigkeit Bier. Der Alkohol ordnete zwanglos ihre Gedanken, machte sie hell und klar.

Was für ein Leben, dachte sie. Ein Baum von einem Mann, und innen war alles mürbe, zerfressen, verfault. Länger als ein Jahr wurde er nun schon rumgeschoben. Wie waren die Tage zu überstehen, die Nächte, ja, die Nächte – mit so einem alten, schweren Kopf.

Mona schaute sich um. Im Bistro herrschte wenig Betrieb; wer im Bahnhof unterwegs war, wollte so schnell wie möglich weiter oder nach Hause. Sie schrieb Noëlle eine SMS, es werde etwas später, im Tiefkühler liege eine Pizza, Prosciutto oder Quattro stagioni. *Kuss, M.*

Sie überlegte, sah auf die Uhr, zog das Diktiergerät aus dem Innenfach der Handtasche. Mit dem Zeigefinger fuhr sie über die Tasten, rot, grün, rot. Dann schüttelte sie etwas aus den Schultern, legte das Kästchen wieder in die Tasche und bestellte noch ein Bier.

Nachdem Gottlieb Haller das Neugeborene begutachtet hatte, ging er zum Fenster und schwenkte ein rotes Tuch. Rot wie Junge, Rot wie Johannes. Nach drei Mädchen hatte ihm Rosa geschenkt, worauf er von Anfang an gehofft hatte. Ein später Triumph.

Während Rosa, erschöpft von der langen, kräftezehrenden Geburt, noch stöhnte und der kleine Johannes nicht aufhören wollte zu schreien, machte sich Gottlieb daran, das rote Stück Stoff von außen auf den Fensterrahmen zu nageln.

Je länger er nach getaner Arbeit am offenen Fenster stand, desto mehr wich der Stolz über den Stammhalter der Erleichterung. Johannes war auch eine Art Geschenk für seinen Bruder Robert, den Bauern, der am gegenüberliegenden Talhang ein kleines Gut bewirtschaftete und sich seit Monaten auf eine künftige Arbeitskraft freute. Für ihn hatte Gottlieb die Flagge gehisst, wie abgesprochen, Rot wie Junge, Rot wie Knecht in spe. Nun war es lediglich eine Frage der Zeit, bis er dem Wunsch des Bruders würde entsprechen können, und er selbst wäre finanziell entlastet, da das zusätzliche Maul schon bald von einem anderen gestopft werden würde.

Etwas zuckte in Gottliebs Augen. Er schloss das Fenster, ließ sich auf das ausgelegene Sofa fallen. – So wäre das Schlimmste für die Familie zu vermeiden, dachte er. Nur, einfach herschenken, den kleinen Johannes, das kam nicht infrage. Wieso denn sollte er das Kind ausgerechnet dem als Arbeitskraft zur Verfügung stellen, der schon alles hatte, was es in der Familie zu besitzen gab? Nein, da musste noch etwas her. Robert könnte doch dereinst für Johannes' Ausbildung aufkommen? Immerhin. So viel würde ihm der Billigknecht doch wohl wert sein. Umso mehr, als der Bruder zu Unrecht dort oben hockte. Er selbst wäre ein ebenso guter Bauer gewesen, man hätte ihm nur eine Chance geben müssen. Aber nein, der alte Herr hatte den Hof auf Robert überschrieben, vor Jahren schon, mit lebenslangem Wohnrecht. Eine abgekartete Sache, vollendete Tatsachen, nur zufällig, an einem Heiligabend, hatte er überhaupt davon erfahren. Alles für Robert. Nichts für ihn selbst. Ohne Begründung – und ohne Grund, vor allem. Ein Herrenleben war das da oben, auf der anderen Seite des Talbodens. Speck am Sonntag, Hinterschinken, Kirsch, Gemüse, täglich frisches Brot. Und er, der Übergangene? Von der Hand in den Mund lebte man hier, und nie war genug da, von nichts. Ein Leben, ja, und keines. Wie auch immer, Johannes sollte erst einmal groß werden, dann wollte man sehen.

Gottlieb ging ins Schlafzimmer, setzte sich auf den Bettrand. Die Hebamme ging auf und ab, versuchte noch immer erfolglos, Johannes zu beruhigen. Rosa war eingeschlafen. Hätte Gottlieb ihr die Hand gedrückt, ihr die schweißnassen Strähnen aus der Stirn gestrichen, sie hätte es nicht bemerkt.

Ein paar Monate nach der Geburt von Johannes traf ein, was Gottlieb insgeheim befürchtet hatte: Die Hallers waren gezwungen, die alte Mietwohnung aufzugeben und sich auf noch kleinere Verhältnisse einzustellen. Auf der anderen Talseite, in einiger Entfernung von Roberts Hof, bezogen sie eine Dreizimmerwohnung ohne Toilette und ohne fließendes Wasser. Gottlieb hatte vergeblich versucht, eine der Töchter bei seinem Bruder unterzubringen; weibliche Helferinnen brauchte es keine auf dem Hof, zumal Robert selbst drei Töchter hatte, die mit anpacken mussten. Es war Gottlieb also nichts anderes übriggeblieben, als mit seiner Familie in die Nachbarschaft des Bruders zu ziehen, in eine Wohnung, die eine ganz und gar unwürdige Absteige war.

Gottlieb, der nie eine Berufslehre gemacht hatte, hangelte sich von einer Gelegenheitsarbeit zur nächsten. Mal half er im Dienst der Gemeinde beim Erneuern des Straßenbelags, mal besserte er eine Bahntrasse aus, und nach jedem behördlich verordneten Forstschlag war er im Wald unterwegs, sammelte das liegengebliebene Totholz zusammen, schnitt es zurecht und band es mit Hilfe von Stahldrähten zu kleinen Packen, die in jeden Ofen passten. Wie er sich auch anstrengte, was er auch unternahm, die Familie war nicht durchzubringen. Und in der neuen Bleibe war nicht zu leben. Sechs Personen in zwei kleinen Schlafkammern, die Toilette in einem unbeheizten Anbau des Nachbarhauses, Wasser vom nahegelegenen Brunnen. An drei Tagen die Woche wurde Kartoffelsuppe aufgetischt, am Samstag gab Rosa eine kleine Brühwurst bei, verteilte die Stücke, die sie versehentlich herausfischte, auf die Teller der Kinder. Immerhin kam Gottliebs Mutter einmal pro Monat zu Besuch, brachte allerlei Leckereien vom Hof mit, selbst gebackene Kekse, Wurst von den eigenen Schweinen – und fetten Speck, den Rosa so gerne mochte, dass sie sich vor dem Schlafengehen noch eine dünne Scheibe davon abschnitt und auf den Nachttisch legte. „Gelobt seist du, Gott im Himmel“, sagte sie, legte die Scheibe unter die Zunge und zog die Decke bis unters Kinn.

Waren Gottliebs Mädchen fast immer zu Hause, beschäftigt mit Arbeiten im Haushalt oder mit dem Instandhalten von Kleidern und Schuhen, musste Johannes schon als Vierjähriger mit in den Wald. Er schleppte die Äste heran, die sein Vater zerkleinerte und zu Reisigbündeln zusammenband. Zur Belohnung durfte er zu Robert auf den Hof, wenn ein Lamm oder ein Kalb geboren worden war. Johannes gab ihnen Milch aus der Flasche, streichelte sie, roch an ihrem feinen Fell. Robert, den uneingeschränkten Herrscher über das stattliche Reich, schien er nicht zu mögen;

er vermied den Blickkontakt, sprach nur das Nötigste, grüßte, verabschiedete sich, schaute verstockt zu Boden. War hingegen der Großvater in der Nähe, lebte Johannes auf. Wo er konnte, ging er ihm zur Hand. Kaum hatte er eine Arbeit beendet, fragte er nach einer neuen, auf dem Feld, noch lieber bei den Tieren. Und manchmal bekam er von der Großmutter ein Stück Speck auf den Nachhauseweg, das er mit keinem zu teilen brauchte.

Robert verfolgte die Entwicklung des Jungen mit einiger Zufriedenheit. Nach und nach wurde Johannes an größere Aufgaben herangeführt, und stets achtete Robert darauf, dass der Junge mit Belohnungen bei Laune gehalten und für die Arbeit motiviert wurde. Dass Johannes ihn aus kindlichem Instinkt ablehnte, focht ihn nicht an, umso weniger, als der Kleine sich auch für unangenehme Stallarbeiten nicht zu schade war.

Nach der Einschulung wurde er immer öfter und bald schon täglich auf den Hof geschickt oder gerufen. Man sorgte dafür, dass ihm die Arbeiten von seinem Großvater zugeteilt wurden. Was auch immer es war, Johannes tat es ohne Murren. Und wenn er zu den Kühen durfte, war es ihm ein Glück. Die sanfte Derbheit ihres Fells, die Wärme ihres Atems, die schmatzenden Kaugeräusche beim Fressen – in ihrer Nähe fühlte er sich aufgehoben, ihre Mächtigkeit gab ihm ein Gefühl von Geborgenheit, das anderswo für ihn nicht zu bekommen war. Wenn er mit vollem Bauch nach Hause entlassen wurde, ging er noch einmal in den Stall, strich Berta, seiner Lieblingskuh, über die Stirn und kraulte sie am Hals. Dann legte er den Kopf an ihre Seite, hielt den Atem an, bis er unter ihrem Fell den eigenen Puls zu spüren glaubte.

Wenn Johannes spät nach Hause kam, was nicht selten vorkam, zog er die Schuhe vor der Wohnungstür aus, ging auf Zehenspitzen in die Schlafkammer und legte sich entkräftet neben Liese, seine jüngste Schwester. Das Quietschen des alten Federbetts war in der ganzen Wohnung zu hören, aber einzig Gottlieb erwachte manchmal aus einem dämmerartigen Schlaf. Er hob den Kopf, horchte und witterte. War es wieder still nebenan, drehte er sich zu Rosa. Regelmäßig hob und senkte sich ihre Brust, die Hände hatte sie über der Decke gefaltet wie zum Dank. Gottlieb tat es ihr gleich und schloss die Augen. Rauchschinken, dachte er. – Oder Ofenbrot mit Speck. – Kalbsleber. Was er auch roch oder zu riechen glaubte, es machte ihn zufrieden. Das eine Maul, das zu viel war und immer größer wurde, dachte er, wenigstens wurde es anständig gestopft. Dann sank er tiefer ins Laken und schlief wieder ein.

Wegen der häufigen Abwesenheit von Johannes wurde die Arbeit im Wald seiner ältesten Schwester übertragen. Nicht zuletzt wegen ihrer vergleichsweise langen Arme erwies sie sich als würdiger Ersatz für den Jungen, schleppte an manchen Tagen mehr Totholz nach Hause, als Gottlieb innert nützlicher Frist verkaufen konnte. Ihre Arme, vor allem aber ihre geschickten Hände waren auch zu Hause gefragt. Da unterstand sie wie ihre beiden Schwestern dem Kommando der Mutter. Peinlich genau überwachte Rosa die Arbeiten in Haushalt und Garten, die jeweils beim Frühstück aufgeteilt wurden.

Man hatte sich arrangiert bei den Hallers, Fragen wurden keine gestellt, es hätte auch nichts genützt. Johannes fehlte nicht, wenn er weg war; er wurde nicht mehr gebraucht. Und war er zu Hause, dann schlief er und bereitete wenigstens keine Unannehmlichkeiten.

So ließ sich mit Johannes leben. Und erinnerte sich Gottlieb dann und wann daran, dass er gehofft hatte, mehr aus dem Handel herauszuschlagen, zuckte er mit den Schultern wie einer, der mit sich ins Reine gekommen war.

Die Hallers mühten sich redlich, ein halbwegs würdevolles Dasein zu fristen. Den Anspruch auf Freude, Erfüllung und Zufriedenheit hatten sie zwar nicht ganz aufgegeben, doch daran glauben mochten sie in Anbetracht der Umstände immer weniger, zumal Angebote für Gelegenheitsarbeiten seltener wurden und Gottliebs Kräfte kaum noch für die anstrengende Waldarbeit ausreichten. Sein Gemüt verdunkelte sich zunehmend, eine undefinierte Schwarzgalligkeit lähmte jeden inneren Antrieb.

Im Dorf redete man über die Familie, man fragte sich, wo das alles hinführen, wie es enden würde. „Armenhilfe“, raunte man sich zu, „Kinderheim“. Einige schimpften hinter vorgehaltener Hand, man könne sich doch nicht so gehen lassen, eine Sünde sei das.

Dann fuhr ein Lieferwagen vor. Ein schlaksiger junger Mann stellte sich als Vertreter von *Weber Textilien* vor, fragte nach Rosa. Wenig später trug er eine Nähmaschine ins Haus.

Herrn Weber sei zu Ohren gekommen, es sei hier nicht alles zum Besten bestellt. Er lasse ausrichten, er freue sich, Gutes zu tun, wo Gutes zu tun sei. Sein Chef sei überzeugt, die neue Heimnäherin werde tadellose Arbeit leisten und pünktlich liefern. Der junge Mann holte zwei Kartonschachteln aus dem Wagen, stellte sie neben die Nähmaschine auf den Boden.

„Hosen und Hemden", sagte er, „Arbeitskleidung Blau. Am Nachmittag wird eine Kollegin vorbeikommen, die Einführung dauert nicht lange, Sie sind ja Näherin."

„Ich – das war ich mal, ja. Vielen Dank.", sagte Rosa. Und als der Schlacks bereits wieder im Lieferwagen saß, schob sie nach: „Ich werde Herrn Weber nicht enttäuschen. Der liebe Gott soll es ihm vergelten."

Wie eine Erscheinung war Rosa die Begegnung vorgekommen. Aber die Nähmaschine stand tatsächlich neben dem Küchentisch. Gottlieb schaute ungläubig von der *Bernina* zu seiner Frau und wieder zurück.

„So ist es also gekommen", sagte er. „Jetzt bist du die Ernährerin der Familie. Mach es besser als ich. Schwierig ist das nicht."

„Gottlieb!“, sagte Rosa.

„Aber wissen möchte ich schon, wie er das erfahren hat.“

„Das halbe Dorf arbeitet doch für Herrn Weber. Und überhaupt: Wie kannst du so etwas sagen. Da hat uns eben ein Engel eine Nähmaschine gebracht, ein Geschenk vom Herrgott, und du versündigst dich.“

„Ich sag ja nur. Aber wenn es hilft –“

„Das wird es, Gottlieb. Wir werden das schaffen.“

Gottlieb hatte sich bereits abgewendet, schlurfte zum Sofa zurück. „Hörst du?!“, warf Rosa ihm nach. „Und dann wird es gut.“

Rosa kam gut zurecht mit der Näherei, die Mädchen erledigten nach der Schule das Nötigste im Haushalt. Gottlieb war persönlich beim Textilunternehmer vorstellig geworden, hatte sich für dessen gutes Herz bedankt. Das Geld reichte nun aus, um über die Runden zu kommen, jeden Monat blieb sogar etwas Weniges übrig. Hätte sich der Dorflehrer nicht in immer kürzeren Abständen über die ungenügenden Leistungen von Johannes beschwert, sich über seine schulische Entwicklung insgesamt besorgt gezeigt, es wäre trotz der prekären Wohnverhältnisse gut leben gewesen.

Als sich Johannes nach einem langen und harten Dienstwochenende auf dem Hof neben Liese legen wollte, begriff er, dass der schmale Streifen Laken, den sie stets für ihn übrigließ, bereits besetzt war. Als traute er seinen Augen nicht, starrte er auf das Bett. Da schlief tatsächlich ein Junge, den er nie zuvor gesehen hatte. Johannes stieß ihn mit der Fingerspitze an, doch der unerwartete Gast rührte sich nicht, nur die Brust, in der es bedrohlich rasselte, hob und senkte sich. Zu keinen weiteren Nachforschungen mehr fähig, legte sich Johannes auf den Fußboden, rollte sich in die verfilzte Armeedecke ein, die offensichtlich für ihn bereitgelegt worden war.

In jener Nacht quälte ihn einer seiner seltenen Träume. – Immer wieder wurde er von Hustenanfällen geplagt, ihm war, als presste ein Reiz, den er nicht zu unterdrücken vermochte, alle Luft aus Lunge und Bronchien. Als er spürte, dass er zu ersticken drohte, drehte er sich zu Liese, die trotz des furchtbaren Lärms, den er verursachte, sanft und weich schlief. Er wollte sie anstoßen, sie wachrütteln, doch es war ihm unmöglich, die Arme zu bewegen; steif lagen sie am Oberkörper an. Erst jetzt bemerkte er den Lehrer, der unbemerkt ins Zimmer getreten war und nun gestikulierend am Bett stand, abwechselnd den Zeigefinger hob und die Faust ballte, bald beschwörend, bald tadelnd auf ihn einredete. Johannes hustete und röchelte, er verstand kein Wort. Im Krampf lag er da, sah aus dem Augenwinkel, wie sein Vater im Pyjama eine Rolle Stahldraht aufs Fußende des Bettes legte. Wortlos und ohne sichtbare Regung begann er, seinen Sohn einzuwickeln. Johannes spürte, wie der Draht an den Schultern und über die Hüften ins Fleisch schnitt, seine Haut war Rinde, die Rippen waren dürre Äste, sie bogen sich, knarzten, dann knackten sie, barsten wie Reisig. – In dem Moment wachte er auf. Liese hatte sich zur Wand gedreht und die Decke über den Kopf gezogen. Der fremde Junge lag da wie ein Brett, hustete sich im Schlaf die Seele aus dem Leib.

Jeder Knochen schmerzte, als Johannes am folgenden Morgen versuchte aufzustehen. Er schlug die Filzdecke zur Seite, warf einen Blick auf das Bett. Der fremde Junge lag allein da, schlief tief und fest. Er kam Johannes sehr groß vor, sehr dünn, sehr alt. Und alle paar Atemzüge pfiff und rasselte es in seiner Brust. Johannes zog sich an, beeilte sich, wenigstens zur zweiten Stunde pünktlich zu erscheinen.

Erst in der großen Pause traf er Liese und erfuhr, was es mit dem Gast auf sich hatte. Walter sei der Sohn von Marie, der Schwester von Gottlieb und Robert. Gestern Nachmittag habe ihn Robert gebracht und vor die Tür gestellt wie ein Postpaket. Walter sei schwer lungenkrank. Er huste mehr, als er rede, sie habe kaum ein Auge zugetan. Wie es sich auf dem Boden schlafe, wolle sie lieber nicht wissen. Und ja, Walter bleibe.

Johannes blickte zu Boden, scharrte im Kies.

„Ach so“, sagte er. Dann rief ihn die Pausenglocke zurück in den Unterricht.

Für Groß- und Kleinschreibung hatte er freilich keine Ohren; zu sehr beschäftigte ihn, was Liese gesagt hatte. – Walter. Noch einer im kleinen Zimmer, ein Kranker, so groß, dass für ihn selbst kein Platz mehr war im Bett. So ein Walter.

Und Walter blieb wirklich. Am Abend saß er bei Tisch, aß in kleinen Happen. Dazwischen hüstelte er, hustete, rang nach Luft. Ein hoch aufgeschossener, spindeldürrer Junge. Seine Tage verbrachte er vorwiegend im Bett, weil jede Bewegung ihn anstrengte und in seiner Brust ein bedrohliches Pfeifen verursachte.

Walter hatte bisher nur in Heimen gelebt. Marie hatte ihn mit sechzehn geboren, der Vater war wohl ein Soldat, der damals in der Umgebung stationiert gewesen war; so genau schien das in der Verwandtschaft niemand zu wissen oder wissen zu wollen. Wegen der angeborenen Lungenkrankheit, darüber hatte man sich schnell verständigt, würde Walter nie als Arbeitskraft zu gebrauchen sein, und weil er obendrein regelmäßige medizinische Behandlungen benötigte, wurde beschlossen, ihn frühzeitig wegzugeben und fachmännisch betreuen zu lassen.

Marie, selbst noch ein Kind, begriff nicht, was der junge Mensch mit ihr zu tun hatte, noch weniger, was mit ihm anzufangen wäre. Anfangs besuchte sie ihn wöchentlich, dann einmal im Monat, schließlich ließ sie es bleiben.

Walter kämpfte sich durch die ersten Lebensjahre, lernte, mit seiner körperlichen Beeinträchtigung einigermaßen zu leben. In der Pubertät allerdings kam eine Kraft zum Vorschein, mit der niemand gerechnet und die keiner in ihm vermutet hatte, eine unkontrollierte Energie, die sich gegen jeden und alles richtete, auch gegen ihn selbst. Etwas Zerstörerisches hatte sich im kranken Körper entwickelt, das in unregelmäßigen Abständen ohne Anlass und ohne Vorwarnung aus ihm herausbrach. Wo er auch hingeschoben wurde, lange konnte er nirgends bleiben, und als kein Heim mehr zu finden war, das bereit war, ihn aufzunehmen, kam einzig die Rückkehr in die Familie in Frage. Marie aber sah sich außerstande, sich um Walter zu kümmern; zum einen war sie noch immer unverheiratet und auf Armenhilfe angewiesen, zum andern hatte sie ihn nie als Teil von sich selbst betrachtet. Auf dem Hof von Robert war er zu nichts nütze. Blieben Gottlieb und Rosa. Sich zu widersetzen, wagten die beiden nicht, schon gar nicht dem Willen von Robert.

Klaglos nahm Gottlieb Monat für Monat ein paar Geldscheine aus der Kassette, in der sie das mühsam Ersparte aufbewahrten, und legte sie für Rosa auf die Anrichte. Sie sorgte dafür, dass Walter genug zu essen und genügend Schlaf bekam, machte mit ihm ab und zu ein paar Schritte vor die Tür, um ihn danach wieder sich selbst zu überlassen. Walter schien es ihr zu danken; die Anfälle jedenfalls, vor denen sich Rosa nicht ohne Grund gefürchtet hatte, blieben aus. Stattdessen schien sich der Junge immer stärker nach innen zu wenden, sprach kaum, verwahrte sich dagegen, angeschaut oder gar angesprochen zu werden.

Dennoch hörte Rosa nicht auf, sich vor Walter zu fürchten, war davon überzeugt, dass es irgendwann zur Katastrophe kommen würde, wenn sie nichts unternähme. „Einer, der dich nicht einmal mehr anschaut, Gottlieb, nach drei Jahren“, sagte sie. „Einer, der einwärts blitzt und funkt. Die Lunte, Gottlieb, wenn sie einer zündet.“

Auch wenn es fast aussichtslos war, Rosa suchte beharrlich nach einer Einrichtung, die Walter aufnehmen konnte. Von keinem abschlägigen Bescheid ließ sie sich entmutigen. Walter gehörte nicht zu ihnen, das stand für sie außer Frage. Nicht einen Tag hatte er zu ihnen gehört. Allein deshalb musste er weg.

An seinem elften Geburtstag hatte Johannes dienstfrei. Anders als sonst ging er nach der Schule nicht auf den Hof, sondern nach Hause. Rosa hatte einen Schokoladekuchen gebacken, der schon auf dem Tisch stand, als der Junge zur Tür hereinkam.

Johannes legte ungläubig und misstrauisch den Kopf schief, sah seine Eltern an, die so feierlich dastanden, wie er sie noch nicht gesehen hatte. Und einen Geburtstagskuchen hatte es auch noch nie gegeben.

„Da schaust du, Bub. Aber das ist noch nicht alles“, sagte Gottlieb und deutete mit einer Kopfbewegung in die offene Schlafkammer. „Fällt dir etwas auf?“

Johannes stellte sich in den Türrahmen. Das Bett war frisch bezogen, die Matratze, die er eigenhändig vom Hof hergekarrt und die ihm drei Jahre lang als Notschlafstelle gedient hatte, war verschwunden.

„Wo ist er?“, fragte Johannes, ohne sich nach den Eltern umzuwenden.

„Siehst du doch“, sagte Rosa. „Er ist weg.“

„Weit weg“, sagte Gottlieb und sah aus dem Fenster.

„Wo?“

„In den Bergen“, sagte Rosa. „Herr Weber, du weißt ja, von ihm haben wir die *Bernina,* also er hat einen Lieferwagen geschickt für den Transport.“

Johannes schob sich zwischen den Eltern hindurch, rückte den Stuhl zurecht und hockte sich an den Tisch. Rosa nahm das Brotmesser aus der Schublade, hielt es mit gestrecktem Arm in die Höhe, um dem Augenblick etwas Feierliches zu verleihen. Dann schnitt sie ein stattliches Stück vom Kuchen ab.

„Und jetzt feiern wir!“, sagte sie.

Johannes sah seine Mutter lange an, dann den Vater. Als er sich ganz sicher war, stand er auf und stampfte aus der Wohnung.

Ein letztes Mal war Noëlle an einem frühen Freitagabend zu ihrem Vater gefahren. Lustlos, aber leichteren Schrittes als sonst schleppte sie den Rollkoffer zur Bushaltestelle. Mona sah ihr vom Schlafzimmerfenster aus nach, so lange, bis Noëlle aus ihrem Blickfeld verschwunden war.

„Ich drück dir die Daumen", sagte sie vor sich hin. „Und mir auch."

Zwei freie Tage lagen vor ihr, eine Leerstelle, die sie nach Lust und Laune füllen konnte. Die Saunalandschaft am Stadtrand erkunden, sich mal wieder in einem Restaurant bekochen lassen, mit einer Freundin spontan wegfahren, oder einfach ausspannen, auf der faulen Haut liegen, Musik hören und Serien schauen – die unterschiedlichsten Verwöhnprogramme hatte sie seit der Trennung von Pierre für sich zusammengestellt; wirklich bewährt hatte sich bisher noch keines, was nicht zuletzt daran lag, dass sie noch immer eine unbestimmte Anspannung spürte, wenn Noëlle bei ihrem Vater war.

Zu Beginn hatte Noëlle sie für die Trennung verantwortlich gemacht, sich vorbehaltlos auf die Seite des Vaters geschlagen. Für das Mädchen war instinktiv klar gewesen, dass Opfer Beistand verdienten. Und dass in diesem Fall ihr Vater das Opfer war, stand für sie außer Frage.

Die Verhältnisse waren zwar längst geklärt, von allen Seiten, doch ein Thema war Pierre noch immer, und was Noëlle betraf, spürte Mona, dass das alles noch nicht ausgestanden war.

Selbst größere Tageszeitungen hatten von dem Raubüberfall auf Pierres Goldschmiedeatelier berichtet. Die Täter hatten einen Lieferwagen als Rammbock benutzt, waren rückwärts ins Schaufenster gefahren. Die Bilder zeigten das brachial zerstörte Fenster, den mit Splittern übersäten Innenraum, das Heck des Transporters, das einen halben Meter in das Atelier hineinragte. Er sei fassungslos, diktierte der Goldschmied in die Notizblöcke, er habe immer an das Gute in den Menschen geglaubt, jetzt sei seine Existenz zerstört. Wie es aussehe, hätten die Einbrecher das Atelier komplett ausgeräumt, beziffern ließe sich der Schaden noch nicht, und nein, wie es weitergehe, wisse er nicht, aber er werde für seine Familie kämpfen.

Drei Tage später vermeldeten dieselben Blätter die Verhaftung einer Einbrecherbande, die unter anderem für den spektakulären Raub im Goldschmiedeatelier verantwortlich sei. Die vier jungen Männer stammten ursprünglich aus dem Kosovo, hieß es, bisher seien sie in ihrer Wahlheimat nicht negativ aufgefallen, bis zu ihrer Verurteilung gelte die Unschuldsvermutung.

Noëlle bewunderte ihren Vater dafür, dass er das Atelier schon nach kurzer Zeit wieder öffnete. Dass er nun noch mehr arbeitete, sah sie ihm nach, und dass manchmal beim Abendessen Wörter fielen wie „Jugopack“, „ic-Bande“ oder „Albanaken“, verzieh sie ihm nicht nur aufgrund des Vorgefallenen, sondern auch deshalb, weil er ihr Vater war.

Dass der Überfall in Pierre etwas in Gang gesetzt hatte, was ihn nach und nach verwandelte, blieb Noëlle und ihrer Mutter nicht lange verborgen. Seine Wut auf die Täter weitete sich aus, richtete sich gegen die ganze Bevölkerungsgruppe, wurde schließlich zu verbitterter Ablehnung und Hass gegen alles Fremde. Immer wieder entluden sich die aufgestauten Emotionen aus geringstem Anlass. Pierre beschimpfte den dunkelhäutigen Falschparker in der Stadt, die drängelnde Kopftuchträgerin am vegetarischen Imbissstand, die schwarzen Jugendlichen am Bahnhof. Man wunderte sich, auch in Pierres Freundeskreis. Man sprach ihn auf sein merkwürdiges Verhalten an, hielt ihm vor, dass man das von ihm nicht erwartet hätte, dass das irgendwie nicht passe zu einem, der sich früher als Lesepate für ausländische Kinder engagiert und sogar einem Flüchtenden einen Ausbildungsplatz gegeben habe. Einige seiner besten Freunde wandten sich von ihm ab, die einen, weil sie seine Gesinnung, die sich immer offener zeigte, grundsätzlich für verwerflich hielten, die anderen, weil sie sich bestätigt fühlten in der lang gehegten Vermutung, dass seine Großherzigkeit immer nur aufgesetzt gewesen war.

Mona schämte sich für ihren Mann und ebenso sehr für sich selbst. Sie entschuldigte sich, wo es ging, oder versuchte, mit einem ehrlichen, warmen Lächeln den Beleidigungen wenigstens die Spitze zu nehmen.

Als sich Pierre nach einem gemeinsamen Wochenendeinkauf den mazedonischen Hausmeister vorknöpfte, der gelangweilt das Treppenhaus wischte und dabei ein arabisches Gebet auf den Lippen trug, wies sie Pierre zurecht und verlangte in Gegenwart des Erniedrigten eine Entschuldigung.

„So weit kommts!“, sagte Pierre mit einem dünnen Pfeifen in der Stimme und ohne Mona anzuschauen, „so weit kommts, dass wir uns bei denen auch noch entschuldigen. Ich habe meine Erfahrungen gemacht, und ich weiß sehr genau, womit wir es hier zu tun haben. Glaub mir“, sagte er und wandte sich nun doch zu seiner Frau, „es kommt der Tag, da wird es auch dir wie Schuppen von den Augen fallen.“ Die Augen zusammengekniffen, den Zeigefinger mahnend erhoben, schob er nach: „Dann aber nützt es nichts mehr.“

An jenem Abend, seit dem Überfall war mehr als ein halbes Jahr vergangen, gestand sich Mona ein, dass die Scham und die Wut nicht länger zu ertragen waren, dass sie nicht mehr die Kraft aufbringen mochte, Mitverantwortung für etwas zu übernehmen, was nichts mit ihr zu tun hatte. – Der junge Dichter, den sie in Kairo kennengelernt hatte, die anfangs beglückenden, dann zunehmend quälenden Versuche, seinen Texten in ihrer Sprache eine neue Gestalt zu geben – das doppelte Scheitern war zu überstehen gewesen und es hatte Mona und Pierre zu einem neuen Verständnis ihrer Beziehung geführt. Pierres Verschwinden während der ersten Monate der beruflichen Selbstständigkeit, sein Aus- und Rückzug in das Atelier, wo die Familie keinen Platz gehabt hatte – die Trennung hatte sie nicht auseinandergebracht, sondern den gemeinsamen Traum vom kleinen Glück noch intensiver träumen lassen. Dass sie mit Noëlles wachsender Selbstständigkeit vermehrt und manchmal zu oft eigene Wege gegangen waren, hatten sie jedes Mal erkannt, und immer hatten sie zur rechten Zeit wieder in eine gemeinsame Spur gefunden. Nun aber sah Mona ihre Beziehung an einen Punkt gelangt, wo sie keinen Einfluss mehr auf das Geschehen hatte. Das endgültige Scheitern stand ihr in einer Klarheit vor Augen, die schmerzte. Die vielen Gespräche, die sie mit ihrem Mann führte, über Wochen und Monate, vermochten daran nichts zu ändern. Einig waren sie sich einzig darin, dass er beruflich den Tritt einfach nicht wiederfand, dass die Unterstützung der Kundschaft ausgeblieben war, dass trotz der Versicherungsleistungen mittelfristig auf keinen grünen Zweig zu kommen sein würde.

Mona sah ein, dass sie nicht länger in der Lage war, mit jemandem ihr Leben zu teilen, der kein Teil mehr von ihr war, dessen Gesinnung sie als Angriff auf alles empfand, wofür sie einstand, den sie noch immer zu lieben versuchte.

„Siehst du das denn nicht?“, sagte sie. „Ich kann nicht mehr. Und dennoch versuche ich es noch immer, weil ich nicht akzeptieren will, dass du auf diese Weise abhaust. – Gesinnungsfahrwasser. Das Wort fällt mir immer wieder ein. Du treibst von uns weg und du wehrst dich nicht dagegen. Du glaubst, du hast eine Mission, spielst dich auf als Kapitän eines Zerstörers, obwohl du genau weißt, du bist nichts als ein Getriebener in einem Ruderboot. – Das ist jämmerlich, Pierre. Wieso gestehst du dir das nicht endlich ein? Ein einziges Wendemanöver, gegen die Strömung, und wir könnten uns wieder in die Augen sehen. Weshalb tust du es nicht? Weil du Raubopfer bleiben willst? Nein, das kann es nicht sein. Was also ist es? Du warst doch immer so vernünftig. – Wie auch immer, Pierre: Ich geb auf. Ich streiche die Segel. Die Welt, in der du dich einrichten willst, mag ich mir nicht zumuten. Deiner Tochter erst recht nicht. Zu laut. Zu eng. Zu braun. – Und noch etwas: Wer sich selbst so furchtbar wichtig nimmt, ist kein Opfer, sondern macht sich zum Täter – an sich selbst. So viel Pathos muss sein. Nach so vielen Jahren.“

Pierre aber war schon weiter. Er machte sich nicht mehr die Mühe, Mona blinde Naivität, Verlogenheit, krankhaftes Gutmenschentum oder Verrat an der Heimat vorzuwerfen, wie er es monatelang und mit wachsendem Eifer getan hatte. Stattdessen hörte er ihr zu wie einer, der sich für immer verabschiedet hatte, nicht im Traum daran dachte, aus dem Lebenswinkel, in dem er sich eingerichtet hatte, wieder herauszutreten ins Offene.

Die Verhältnisse klärten sich endgültig, als Pierre wahrmachte, was er wiederholt angedroht hatte.

Schon am Tag seines Auszugs aus der Familienwohnung spürte Mona, dass sie leichter atmete, sie spürte eine kaum noch erinnerte Freiheit, die Perspektiven eröffnete. – Noëlle hingegen, die sich zunehmend zurückgezogen hatte, verweigerte über Wochen jedes Gespräch. Manchmal verschwand sie gleich nach der Schule im Zimmer und war bis zum nächsten Morgen nicht mehr zu sehen.

Mona versuchte, die offene Ablehnung ihrer Tochter auszuhalten, tolerierte die zahlreichen kleinen Feindseligkeiten im Alltag. Zum einen war sie überzeugt, richtig zu handeln, zum anderen wollte sie sich die wiedergewonnene Leichtigkeit keinesfalls von einer Vierzehnjährigen nehmen lassen.

Nach dem zweiten Besuchswochenende bemerkte Mona, dass Noëlle den Ring trug, den ihr Pierre zum Abschied geschenkt hatte. Massivgold, mit drei Rubinen besetzt. Noëlle hatte das Unikat nicht gemocht; das Rot war ihr zu rot gewesen, das Gold zu gelb, das ganze Stück insgesamt zu wenig modisch. Nun aber spielte sie beim Frühstück mit dem Ring, aufreizend und lässig zugleich. Unablässig beobachtete sie ihre Mutter, die weniger leicht aus der Ruhe zu bringen war, als Noëlle erwartet zu haben schien.

„Sag doch endlich, dass es dich nervt!“

„Nerven?“, sagte Mona. „Weil du den Ring trägst, den dir dein Vater geschenkt hat? Ich bin vielleicht erstaunt, ja. Denn du hast ihn nie tragen wollen.“

„Vorbei ist vorbei. Jetzt ist jetzt."

„Genau. – Ist doch okay."

„Nein, ist es nicht. – Ich habe nämlich keinen Vater mehr. Das Teil hier ist das Einzige, was mir von ihm geblieben ist."

„Noëlle! Das mit deinem Papa und mir hat nicht mehr funktioniert. Es hätte nicht passieren dürfen, klar, nun es nicht zu ändern. – Aber ein Vater ist immer ein Vater. Auch Pierre. Für dich ist er doch da."

„Was soll dieser Scheiß?! – Papa hat alles verloren. Das Jugo-Pack hat alles kaputtgemacht. Er hätte dich gebraucht. Aber du hast ihn hängen lassen – und dann fortgejagt."

„Das sagt Pierre?"

„Das sage ich. – Für jeden hast du ein gutes Wort, allen hilfst du, sogar den Ausländern, die Papa zerstört haben."

„Die sitzen doch im Knast. Und das noch für eine ganze Weile."

„Du weißt genau, was ich meine. Die ganzen Flüchtlinge und das Zeug. Als hätten wir nicht schon genug davon. Aber ist ja klar, was passiert, wenn man die so hätschelt, wie du es tust. Frag Papa."

„Das ‚Zeug', vom dem du sprichst, Noëlle – das sind Menschen."

„Und Papa? Ist der kein Mensch? Du hast ihn rausgeekelt. Weil er nicht zu feige war, die Wahrheit zu sagen."

„Seine Wahrheit."

„Das ist dasselbe."

„Sagt er."

„Sag, was du willst. Ich weiß inzwischen sehr gut, wie das alles läuft. Und ich weiß, weshalb von meinem Vater nur dieser beschissene Ring übrig ist. – Weißt du was? Du kotzt mich an!"

Nach den Besuchswochenenden gingen sich Mona und Noëlle aus dem Weg. Noëlle erzählte nichts, Mona stellte keine Fragen. Abgesprochen war das nicht, aber es schien für beide die einzige Möglichkeit, nach ein paar Tagen wieder in so etwas wie einen gemeinsamen Alltag hineinzufinden. Mona war sich darüber im Klaren, dass abwesende Väter grundsätzlich im Recht waren, da sie keine Fehler machten; dagegen war nicht anzukommen. Ihr blieb nichts, als zu warten und darauf zu setzen, dass die Zeit auf ihrer Seite sein würde. Auch wenn sie Noëlle einen schweren und möglicherweise langen Weg zumutete – zermürbende juristische Geplänkel wollte sie sich selbst und dem Kind ersparen.

Tatsächlich begann Noëlle nach fast einem Jahr Fragen zu stellen. Sie bemühte sich, es unauffällig zu tun, um nicht den Eindruck von Unsicherheit und damit von Schwäche zu erwecken. – Was Heimat sei, wollte sie wissen, wie Geflüchtete eigentlich so lebten, wo man Kriminalitätsstatistiken herbekomme, worin sich eine Rasse von einer Ethnie unterscheide, wann ein Boot voll sei, wieso das Fremde Angst mache. Am drängendsten schienen Noëlles Fragen unmittelbar nach den monatlichen Besuchswochenenden bei Pierre. Nach wie vor erzählte sie von diesen Begegnungen nichts Konkretes, das Bedürfnis nach Aufklärung aber, der Wille zu ergänzen, was ihr im Bild von der Welt fehlte, waren Ausdruck einer Suchbewegung, die nach und nach präziser wurde.

Mona begleitete Noëlle in dem Maß, wie diese es zuließ. Sie zwang sich dazu, ihrer Tochter die Zeit zu geben, die sie brauchte, um die Welt für sich neu zusammenzusetzen.

Als Noëlle von einem weiteren Besuchswochenende bei Pierre zurückkam, zeigte sie sich verschlossener als sonst. Beim Abendessen sprach sie kaum, stocherte in den Spaghetti. Dann hob sie den Kopf, schaute Mona so lange an, bis diese den Blick erwiderte.

„Irrgänger", sagte Noëlle.

„Irrgänger? Was soll das sein?"

„Das frage ich dich."

„Keine Ahnung. Gibt es das Wort überhaupt?"

„Seit heute Morgen", sagte Noëlle. „Unter der Dusche."

Etwas blitzte in ihren Augen.

„Und?"

„Einer, der in die Irre geht. Vor allem aber ein Irrer, der geht. Oder schon gegangen ist. Und besser wegbleibt."

„Das ist ziemlich viel aufs Mal", sagte Mona.

„Es hat gedauert, ich weiß. Aber heute Morgen war mir irgendwie plötzlich alles klar. – Mama, ich geh da jetzt nicht mehr hin."

„Ich verstehe rein gar nichts, Noëlle."

„Ich war viel zu oft da. Und fast hätte Papa mich gekriegt."

„Weißt du, was das Problem mit dem Irrgänger ist? – Es ist so schwierig, nicht auf seine Rückkehr zu hoffen."

„Bloß nicht!"

„Weil man ihn liebt."

„Wie bitte?"

„Weil man ihn liebt."

„Sag nicht *man*, Mama! Das mit der Liebe ist dein Problem, nicht meins."

„Und welches ist deines?"

„Das hat sich erledigt. Abgeduscht. In der Kanalisation. Es ist weg."

„Väter sind nie weg, Noëlle."

„Meiner ist eben was Besonderes. Und wenn er nicht in der Kanalisation ist, dann ist er meinetwegen in der Wüste. Wo auch immer – er wird da bleiben. Und jetzt sag einfach mal nichts."

„Noëlle – er ist doch dein Vater."

Kaum hatte Mona den Satz ausgesprochen, zuckte etwas in ihr zusammen. Eine plötzliche Starre breitete sich in ihr aus, eine unangenehme Hitze stieg ihr in den Kopf. Der Satz, den sie eben gesagt hatte, klang nach als doppeltes Echo. *Noëlle – er ist doch dein Vater. – Mona – er ist doch dein Großvater*.

Sie wandte sich ab, nahm sich noch eine Portion Spaghetti. – Vaters Worte aus ihrem Mund. Genau so hatte er es damals geschafft, die Studentin zu einem Besuch beim sterbenden Großvater zu bewegen. Ein Besuch bei dem, der für sie längst gestorben gewesen war. Und um ein Haar hätte sie es getan. Aus schlechtem Gewissen, aus Mitleid, aus falsch verstandener Elternliebe.

„Mama, ich – ich war ziemlich durcheinander die letzten Monate. Aber ich habe die Kurve gekriegt. Und deshalb, glaub mir: Ich geh da nie mehr hin. Ich habe keinen Vater mehr, okay?!“

Mona sagte nichts. Sie sah das großelterliche Häuschen in der Vorstadt, die früher ein Dorf gewesen war, die roten Fensterläden, den Kaninchenstall, den Maschendrahtzaun, der das Grundstück von dem der Nachbarn abgrenzte, und sie roch den säuerlichen, leicht ranzigen Geruch, der aus Großvaters Kragen stieg.

„Guck mal hier“, sagte Noëlle, stellte die Ellbogen auf den Tisch und streckte alle zehn Finger in die Luft. „Fällt dir etwas auf?“

Mona sah sich die Finger ihrer Tochter an, jeden einzelnen. Dann zog sie die Augenbrauen hoch.

Einige Wochen später war die Frage des Besuchsrechts neu geregelt, ein Kompromiss, der allen Beteiligten ein würdeloses juristisches Gezänk ersparte. Nach langen Gesprächen mit Mona hatte sich Noëlle in einem kurzen Brief an Pierre bereit erklärt, noch ein allerletztes Wochenende mit ihrem Vater zu verbringen. Von der Suche nach dem richtigen Platz im Leben schrieb sie, davon, dass sie selbst herausfinden müsse und wolle, wo sie hingehöre. Sie sei sicher, dass er als ihr Vater dafür Verständnis habe, weil er für sie nichts anderes als das Beste wollen könne. Pierre reagierte so, wie sie es erwartet hatte: Er zog seine Drohung zurück, die Entfremdung von seinem Kind mit juristischen Mitteln verhindern zu wollen. Schließlich hatte man sich darauf verständigt, die Besuchswochenenden künftig durch einen monatlichen Vater-Tochter-Kinobesuch zu ersetzen. Zum Wohl des Kindes.

Mona schmiss das Handy auf den Tisch, trank den letzten Schluck ihres Kaffees. Beim Italiener gab es keinen freien Tisch mehr, und nach Sara hatte sie auch von Rebekka einen Korb bekommen; beide waren sie mit ihren neuen Partnern unterwegs. Das mit dem Verwöhnprogramm schien einmal mehr nicht zu funktionieren, dachte sie. Noch nicht. Schließlich waren da noch das Kino, oder der Japaner, von dem Sara in den höchsten Tönen schwärmte, oder das Freitagabendheublumenbad zu Hause. Alles durchaus verlockende Vorstellungen. Sie schmunzelte verkniffen und machte sich erst einmal einen Kaffee.

Weißt du eigentlich, dass das Haus noch steht? Verglaster Wintergarten, ausgebauter Dachstock mit Terrasse. Nett aufgehübscht. Aber alles noch da, sogar der Drahtzaun zum Nachbargrundstück und der Kaninchenstall. – Ich bin extra hergefahren. Das wollte ich einfach sehen, ein letztes Mal, mit Erwachsenenaugen.

Wie du das erzählst, Vater. Minute elf bis Minute vierzehn. Als wäre es das Natürlichste der Welt. Jetzt steh ich da und kann es noch immer nicht fassen. Ich meine, wer entscheidet sich für den Zaun, wenn er auch ein ausgebautes Bad mit Waschbecken und Badewanne haben kann. Was geht in so einem Kopf vor? Wüsste ich nicht mit Sicherheit, dass das alles wahr ist, dass es genau so geschehen ist – ich würde es nicht glauben. Und ich verstehe, dass du es damals auch nicht verstanden hast.

So bin ich auf dem Weg.

Und immer wieder denke ich, dass es für eine Umarmung zwei braucht. Ich habe dir gesagt, du seist nie leicht zu umarmen gewesen. Das stimmt. Aber was war mit mir? Was war zwischen uns? Nichts, was wir persönlich nehmen müssten. Vielleicht hat das, was nicht da war, gar nichts mit uns zu tun, sondern mit einem Vater und seiner Tochter.

Du hättest Noëlle hören sollen. Wie sie sich neulich von ihrem Vater losgesagt hat, wie sie ihn für tot erklärt hat. Schonungslos, zornig, laut. Ich hatte dem sterbenden Gottlieb gegenüber letztlich dasselbe gefühlt, damals. Nie aber hätte ich gewagt auszusprechen, was ich für unaussprechlich hielt. Eine mutlose, stumme Studentin war ich, eine, die erst rebellierte, als es nicht mehr wirklich drauf ankam.

Und du? Schon als Vorschulknirps hast du für deinen Onkel den Buckel krumm gemacht, als Billigstknecht gedient. Du hast nicht gesehen, auch später nicht, dass er dich missbraucht hat. Ebenso wenig hast du gesehen, dass dich dein Vater ausgelagert hatte wie überschüssige Ware, wie einen Ladenhüter, den man auf die Straße stellt. Natürlich hast du es gesehen. Aber es wäre dir nicht eingefallen zu hinterfragen, was da geschah. Geschweige denn, darüber zu reden oder gar aufzubegehren und eine Lebenskorrektur einzufordern. Deshalb sage ich: Ich verstehe den kleinen Johannes. Und irgendwie verstehe ich auch den großen, der abwiegelt, der die alten Männer schützt, um sich selbst zu schützen.

Wenigstens in dieser Beziehung haben es die Jungen heute besser. Die kommen gar nicht auf die Idee, das Maul nicht aufzumachen. Sie denken nicht daran, sich ein Leben gefallen zu lassen, von dem sie glauben, wir hätten es uns für sie ausgedacht.

Wie oft hast du deinen Gottlieb umarmt?

Vater und Sohn. Vater und Tochter. Irgendwie ist es dasselbe.

Verwindungen, Versteifungen, Verletzungen.

So geht es mir, Vater.

Weiter bin ich nicht.

Unterwegs ist man immer allein.

Stimmt doch! – Der Satz tut gut und weh. Auch Noëlle erfährt das gerade am eigenen Leib. Sie hängt da ja irgendwie mit drin. Auch wegen ihr habe ich mich aufgemacht und bin jetzt unterwegs in eigener Sache. Vielleicht schenke ich ihr mal das Kästchen, irgendwann, wenn sie nach der Mutter fragt. Oder – keine Ahnung. Erst einmal geht es um dich und um mich. Und du siehst: So lass ich mich treiben, um vielleicht doch noch anzukommen.

Unterdessen: Rühr dich nicht.

Und halt deine Tierchen in Schach.

Von einem Zimmer für sich allein hätte Johannes nie zu träumen gewagt. Er wäre schon dankbar gewesen für ein eigenes Bett. Oder eine Toilette in der Wohnung, Wasser vom Hahn. Je älter er wurde, desto erniedrigender empfand er den Gang auf die Außentoilette, die nicht mehr war als eine Sitzbank über einem Erdloch, von einem Bretterverschlag notdürftig geschützt vor Wind und Wetter. Winters war die Fäkaliengrube nicht zu benutzen, jedenfalls nicht in der Nacht; die Hallers behalfen sich mit dem Topf.

Auf dem Hof hingegen gab es ein richtiges Bad: Toilette, Doppelwaschbecken, Badewanne, sogar einen kupfernen Badeofen, der warmes Wasser spendete. An der Wand hingen in Reih und Glied die Frotteetücher von Robert und seiner Familie. Ganz außen, mit einigem Abstand, waren Handtuch und Waschlappen von Johannes aufgehängt.

Johannes liebte warme Bäder, zu jeder Jahreszeit. Immer öfter blieb er deshalb übers Wochenende auf dem Hof. Nach den beiden jüngeren Töchtern wurde jeweils frisches Wasser eingelassen, und sobald die Älteste fertig war im Bad, durfte er selbst in die Wanne steigen. Dass vor ihm schon jemand den Schmutz einer ganzen Woche abgewaschen hatte, machte ihm nichts aus, zumal Roberts älteste Tochter sich ihm gegenüber immer korrekt verhielt, ganz im Gegensatz zu den beiden jüngeren, die ihm das Leben schwer machten in den kleinen Dingen.

In der Wanne hatte er seine Ruhe, wenigstens für eine halbe Stunde. Er ließ heißes Wasser nachlaufen, sofern Roberts Töchter welches übrig gelassen hatten, tauchte unter, dachte an nichts. Und er liebte es, insbesondere in den Wintermonaten, sauber und aufgewärmt bis zuinnerst in die unbeheizte Kammer unter dem Dach zu steigen, die er mit keinem zu teilen brauchte.

Gottlieb war kein Träumer. Nie hätte er einen Gedanken daran verschwendet, Hausbesitzer zu werden. Doch dann schrieb die Gemeinde billiges Bauland zum Verkauf aus. Man redete darüber im Dorf. Ein kleines Grundstück für ein kleines Haus mit kleinem Garten, unweit des Schwimmbads und nah am Wald.

„Ein schönes Plätzchen, Gottlieb“, sagte Rosa, während sie Kartoffeln pellte. „Gemüse aus dem eigenen Garten, Kaninchen, vielleicht. Stell dir vor“.

„Nicht für unsereins. Das weißt du so gut wie ich.“

„Das sagten wir nach der Geburt von Liese auch. Drei Mädchen, sagten wir, ein Junge ist offenbar nichts für unsereins. Und dann kam Johannes.“

„Was redest du da! Kinder kann man machen. Geld nicht. Und bitte, ich habe Hunger.“

Tags darauf ging Gottlieb mit der Ältesten in den Wald. Auf halbem Weg schickte er sie schon mal vor, während er selbst aus reiner Neugierde einen Umweg machte, um sich das Grundstück anzusehen.

Gewünscht hatte er es sich immer, etwas Eigenes, etwas nur für sich und die Familie. Kartoffeln und Karotten aus dem Garten, Auslauf für Rosas noch ungeborene Kaninchen, für einen Hund vielleicht, einen Spaniel – und ein Auto für Sonntagsausflüge. Autofahren freilich hatte Gottlieb nie gelernt, und nach dem dritten Kind war klar gewesen, dass für eigenen Grund und Boden das Geld nie reichen würde. Rosa hatte zwar seit Walters Abreise in die Berge so viel genäht wie nie, die Kassette hatte sich langsam wieder gefüllt. Doch die Anzahlung, die von der Bank verlangt wurde, war nicht zu leisten, umso weniger, als Gottliebs angegriffene Gesundheit manchmal während Wochen keine Erwerbsarbeit zuließ.

Dann fuhr Rosas Chef bei den Hallers vor, nicht im Firmenwagen, sondern nobel, im schwarzen Mercedes-Benz. Rosa traute ihren Augen nicht, als sie Rudolf Weber persönlich aussteigen sah, und sie war überzeugt, dass so ein Besuch an einem Samstagnachmittag nichts Gutes bedeuten konnte.

„Gott im Himmel!“, sagte sie hinter den Gardinen. „Gottlieb, der Weber! – Jetzt ist alles nichts. Jetzt ist alles aus.“

Ohne das Klopfen abzuwarten, stolperte sie zur Tür, streckte dem Unternehmer die Hand entgegen und bat ihn umständlich herein.

„Entschuldigen Sie. Es ist alles ein wenig eng bei uns“, sagte Rosa vor der Küche und überlegte einen Moment, ob sie ihren Chef vielleicht besser in die Wohnstube führen sollte.

„Das trifft sich ja gut“, sagte Weber.

„Wie meinen Sie das?“

„Drei Zimmerchen, nicht wahr? – Und wie hoch ist die Miete?“

„Wir bezahlen immer pünktlich“, sagte Gottlieb und stellte sich neben Rosa. „Wir haben uns noch nie etwas zuschulden kommen lassen. Das wird auch so bleiben.“

„Und die Mädchen sind tüchtig“, sagte Rosa. „Im Haushalt macht ihnen keiner etwas vor. Die werden einen finden, einen Anständigen, bestimmt. Dann wird alles besser.“

Weber nickte, runzelte die Stirn.

„Zweifellos“, sagte er. „Zweifellos. Weit kommt man so aber nicht. So von der Hand in den Mund.“

„Hungern muss bei uns keiner“, sagte Rosa. „Dafür sorg ich schon. Selbst wenn wir nur Kartoffeln essen müssten.“

„Zweifellos“, sagte Weber und zog das Jackett zurecht. „Nur – noch besser, als die Miete zahlen zu können, wäre natürlich, gar keine Miete zu zahlen, nicht wahr? Und ab und zu ein Sonntagsbraten.“

„Unsereins wird auch ohne Fleisch satt“, sagte Gottlieb, rieb sich den flachen Bauch.

„Ich meine, so ein kleines eigenes Haus, ein wenig Umschwung, idealerweise an guter Lage.“

Gottlieb und Rosa blickten zu Boden, zugleich ertappt und beschämt. Rosa hielt die kurze Stille nicht aus, rückte für den Unternehmer einen Stuhl zurecht, stellte ein Glas Wasser auf den Tisch.

„Auf einer schönen Gemeindeparzelle, zum Beispiel jener beim Schwimmbad“, fuhr Weber fort und nahm im Stehen einen Schluck Wasser. „Der Gemeindeschreiber sagt, Sie haben sich danach erkundigt. – Sie haben Recht, da würde es Ihnen gefallen. Ein Katzensprung in den Wald.“

„Herr Weber“, sagte Rosa und schob den Stuhl wieder zum Tisch.

„Die Bankzinsen wären wohl zu stemmen – aber die Anzahlung, die Sicherheit für die Bank. Ohne Geld gibt es da nun mal kein Geld. Jedenfalls – ich habe mir da so meine Gedanken gemacht.“

Weber griff in die Innentasche seines Jacketts, zog einen Umschlag heraus.

„Sehen Sie, eine Nähmaschine ist ja schön und gut, denn tatsächlich bin ich angewiesen auf gute Heimarbeiterinnen. Nur, wenn ich mich hier so umsehe – ich bin mir sicher, in den eigenen vier Wänden wird es sich besser nähen.“

Weber legte den weißen Umschlag auf den Tisch.

„Das müsste reichen“, sagte er. „Dafür bekommen Sie den Kredit. Ich habe mich erkundigt.“

Er drückte Rosa die Hand, wünschte Gottlieb gutes Gelingen und war verschwunden, bevor die beiden ein weiteres Wort herausgebracht hatten.

Gottlieb stürzte ans Fenster, sah zwischen den Gardinen hindurch, wie der Textilunternehmer im schwarzen Mercedes-Benz davonfuhr. Dann drehte er sich um, sah Rosa an, als hätte er sie noch nie gesehen, als wäre er eben erst zur Welt gekommen.

„Rosa", sagte er.

Ungläubig sah er auf den Umschlag, riss ihn umständlich auf, zählte die Geldscheine auf den Tisch. Dreitausend. So viel Geld hatte er noch nie gesehen.

„Kartoffeln im Garten", sagte er.

Rosa öffnete den obersten Knopf ihrer Bluse, setzte sich hin. Sie hielt jeden der Scheine ans Fenster, als blickte sie in eine farbige Zukunft.

„Und Kopfsalat, Gottlieb. Kopfsalat."

Dass das Gemeindebauland von den Hallers gekauft worden war, hatte sich schnell herumgesprochen. Es wurde getuschelt, gemutmaßt, da sei doch etwas faul an der Sache, der Haller könne ja kaum noch arbeiten, und vom reichen Bruder habe er das Geld bestimmt nicht. Auch wenn niemand den Mut hatte, die beiden direkt anzusprechen, wagte es Rosa kaum noch, die nötigsten Besorgungen zu machen. Zu sehr schämte sie sich für das Glück, das ihr ganz und gar unverdient schien. Gottlieb ging es nicht anders; wo immer möglich, vermied er den Gang ins Dorf, weil er fürchtete, Rechenschaft ablegen zu müssen vor wem auch immer. Noch belastender aber war der ständige Gedanke an Weber. Zwar war allgemein bekannt, dass er seit dem

Tod seiner Frau immer wieder etwas spendete. An der Erneuerung der maroden Friedhofsmauer hatte er sich großzügig beteiligt, das Gemeindewappen am Dorfbrunnen hatte er aus der eigenen Tasche bezahlt, für den Talmatt-Bauern, dem die Tuberkulose eine Kuh genommen hatte, auf dem Viehmarkt ein Prachtexemplar ersteigert. Dennoch fürchtete Gottlieb, der Textilunternehmer würde unverhofft erneut auftauchen und das Geld mit derselben Selbstverständlichkeit zurückfordern, wie er es ihnen gegeben hatte.

Weber kam nicht zurück, und als Gottlieb seiner Frau die Baubewilligung in die Hand drückte, ging etwas über sein Gesicht, ein unmerkliches Zucken vom Mundwinkel bis zur Schläfe.

„Dann müssen wir jetzt wohl, Rosa“, sagte er, besah sich schmunzelnd die aufgedunsenen Hände.

Mit Pickel, Spaten und Schaufel hob Gottlieb die Baugrube für sein Häuschen aus. Zentimeterweise arbeitete er sich in die Tiefe. Ein paar Männer aus dem Dorf, die nicht von Neid zerfressen waren, sondern sich aufrichtig freuten mit einem, der vom Leben nicht verwöhnt war, gingen ihm nach Feierabend zur Hand.

Seine Kränklichkeit, seine Schwermut hatte Gottlieb fast gänzlich abgelegt; die Aussicht, vor Ablauf eines Jahres in sein bescheidenes Heim einziehen zu können, verlieh ihm eine ungekannte Lebendigkeit.

Johannes, der Teilzeitknecht, wurde nun auf der Baustelle gebraucht; lediglich an den Wochenenden arbeitete er weiterhin bei Robert auf dem Hof. Ohne Widerworte verrichtete er nach der Schule Hilfsarbeiten, ging dem Maurer ebenso geschickt zur Hand wie dem Schreiner, dem Eisenleger oder dem Elektriker. Nach Feierabend ging er in die Wohnung zurück, dachte auf dem halbstündigen Fußweg an die Hausaufgaben, die zu erledigen gewesen wären, oder an Berta, die bald Nachwuchs bekommen sollte.

Johannes freute sich über den Baufortschritt, an dem er selbst einigen Anteil hatte. Mit jedem Stein, der das Haus wachsen ließ, ging in ihm etwas auf, ein innerster Raum, in dem es wohlig warm war.

Es dauerte lange, bis Johannes klar wurde, dass im oberen Stock nur zwei Zimmer ausgebaut wurden. Die beiden anderen Räume, gegen Norden und Nordosten, blieben im Rohbau, sie hatten weder einen richtigen Fußboden noch waren sie isoliert. Johannes glaubte an ein Versehen, ein unverständliches Versäumnis, zumal für den ganzen oberen Stock auch keine Heizung vorgesehen schien. Doch sein Vater belehrte ihn eines Besseren. Das sei kein Versehen, erklärte Gottlieb, sondern eine Frage des Geldes. Zwei Zimmer und zwei Rumpelkammern, dazu warme Bettdecken – mehr könnten sie sich in Gottes Namen nicht leisten.

Johannes verstand nicht, dass man ein Haus mit Zimmern baute, die man nicht würde benützen können, und dass man winters sogar im eigenen Haus würde frieren müssen.

Noch größer wurde sein Unverständnis, als er begriff, dass ein Badezimmer offenbar gänzlich fehlte. Da war zwar ein fensterloser Raum mit Abflussrohr, der einer Kloschüssel Raum bot; ein Badezimmer aber mit Waschbecken, Ofen und Wanne, wie er es sich ausgemalt hatte, schien es im Neubau nicht zu geben.

Als er einmal beim Einbau der Fenster gebraucht wurde, beschloss er, der Sache nochmals auf den Grund zu gehen. Während einer Pause stieg er ins Kellergeschoss, um von unten nach oben jeden Quadratmeter genau unter die Lupe zu nehmen. Noch fiel es ihm schwer, sich vorzustellen, wie sie hier einmal leben würden; dass es anders sein würde aber, dass es trotz allem besser sein musste, das stand für ihn außer Frage. Allein das Wort *Eigenheim* das er fast täglich hörte, versetzte ihn in einen Zustand geradezu körperlich spürbarer Vorfreude.

Seine architektonische Erkundung endete in einer der künftigen Rumpelkammern. Einigermaßen ernüchtert stand er in der Mitte des Raums, würgte an einem Stück Brot. Ein künftiges Badezimmer hatte er auf dem Weg nach oben nicht entdeckt, und er war sich sicher, er hatte keinen Winkel übersehen.

Johannes war bereits im Begriff, sich wieder den Fensterbauern anzuschließen, die im ersten Stock zugange waren, als er erst die Stimme der Mutter, dann die des Vaters hörte. Er ging zur rechteckigen Aussparung in der Wand, lehnte sich hinaus und sah die beiden am Rand der Baugrube das Grundstück abschreiten. Wechselweise zählten sie die zurückgelegten Meter. Auf der Grenze zum prächtig bewachsenen Garten der Nachbarn blieben sie stehen.

„So. Bis hierhin. Was uns gehört, gehört uns.".
„Was denkst du – Holz?"
„Drahtgitter. Das ist stabil, wetterfest und nimmt uns kein Licht. Ein Gitter schließt aus, aber nicht ein."
„Das wird großartig, Gottlieb."
„Und die Kaninchen dann da drüben. Wir können ja klein anfangen. Sagen wir sechs Stück."
„Und der Zwinger? Das Häuschen für den Spaniel?"
„Erst mal haben wir, was wir haben."
„Und das darf man auch sehen, Masche für Masche."
Johannes hatte jedes Wort gehört, und jedes Wort hatte geschmerzt. War es tatsächlich möglich, dass die Eltern aus Kostengründen auf ein Bad und den anständigen Ausbau der Kinderzimmer verzichteten, nicht aber auf die Einzäunung des Grundstücks und einen Stall mit Kaninchen?
„Achtung, Kante! Pass auf!", rief einer, der einen schweren Fensterrahmen ins Zimmer trug.
Johannes fuhr zusammen. Er kam sich sehr klein vor da oben im ersten Stock. Aber er fühlte, dass das so sein musste.

Etwas habe ich vergessen – wegen der Jungen: Vielleicht war damals ganz einfach nicht die Zeit für Protest. Es war nicht die Zeit, das eigene Recht einzufordern, Zäune einzureißen und wegzulaufen. Die Köpfe waren nicht reif. Auch deiner nicht, Vater. Und dein Herz? War es so kalt, wie ich es mir vorstelle? Wie soll man sich anders schützen als Kind? Wie anders wäre das zu überstehen, was du überstanden hast?

Klein bleiben. Kalt bleiben. – Nein, falsch. Kalt geblieben bist du nicht.

Was mich betrifft – ich habe schon früh unterm Zaun durchgefressen. Aber klar, als Nachgeborene hat man es leichter, Widerständlerin in eigener Sache zu sein. Du hast mich nicht gezwungen, die Liebe zu dir zugunsten des Widerstands aufzugeben. Oder umgekehrt. Das habe ich immer irgendwie gewusst. Die Zeiten der Mutter- und Vaterliebe auf Befehl waren vorbei. Wir ahnten damals bereits, dass es ein Recht auf das eigene Leben gibt. Wir hätten uns solche Gottliebs nicht einfach gefallen lassen, hätten den Aufstand wenigstens geprobt. Allein das, die Revolution zumindest denken zu können, ließ uns freier atmen. – Das ist vielleicht der wichtigste Unterschied zwischen unseren Kindheiten: Ich hatte die Wahl. Nicht wirklich, aber meine Welt war trotz aller Grenzen offener. Eine Welt, die nicht alle Möglichkeiten bot, aber alle Denkbarkeiten. Immerhin.

Du hättest mich nicht daran hindern können, das Machbare zu denken. Es zu tun, allerdings – das hättest du verhindern können.

Ich danke dir, dass du beides nicht versucht hast.

Und heute? Wir schießen Kaninchen ins All, zu irgendeiner Forschungsstation. Wir applaudieren der Mutter aller Bomben. Kinder erklären ihre Väter für tot.

Möglich ist alles. Grenzen sind nichts.

Du wurdest aussortiert damals, wie ein überzähliges Stück Vieh. Man hat dich weggeschickt zum Fressen, auf eine andere Weide.

Und alles wiederholt sich, wenn auch auf andere Weise.

Heute wandert das Vieh unaufgefordert, sucht sich neues Weideland über die Grenzen hinweg. Die Verzweiflung, die es antreibt, ist eine andere, mag sein, aber die Aussichtslosigkeit, in die es gerät, ist dieselbe. Doch das Entscheidende ist: Die Grenzen haben ihren Schrecken verloren. Stahlgitter, Stacheldraht – das schreckt heute keinen. Es gibt keine unüberwindbaren Hindernisse mehr auf dem eigenen Weg. Daran ändern auch dicke Mauern nichts.

So.

Und nimm mir nicht übel, dass mir kein politisch korrektes Bild einfällt. Du weißt schon, wie ich das mit dem Vieh meine.

Fremd ist uns dieses Menschenvieh. Lauter unbekannte Rassen. Dumpfe Köpfe, heiße Herzen. Die Herden sind unterwegs. Jedes Tier kämpft für sich, jedes sein eigener hungriger Krieger und Anwalt. Jedes Tier fordert sein Recht auf Menschlichkeit. Und was findet es, wenn es nicht verreckt? Im besten Fall vielleicht so etwas wie Freiheit. Aber es ist immer nur die Freiheit unter Menschen.

Als du Hilfe gebraucht hättest, hat dir keiner geholfen, und jetzt ist es dafür logischerweise zu spät. Für die Fremden aber, für all die neuen Rassen, die Weideland suchen, eine Heimat – für sie kann etwas getan werden. Frag mich nicht, was oder wie. Aber wenn uns etwas am Respekt vor den Grenzen liegt, und zwar in jeder Beziehung, dann müssen wir vor allem eines verhindern: Aussichtslosigkeit. Hier und dort.

Keine Ahnung, ob so was aufs Band gehört. Vieh hin oder her. Ich glaube einfach, es hat mehr mit dem kleinen Johannes zu tun, als es auf den ersten Blick scheint. Deshalb wollte ich es dir sagen.

Oder mir.

Mona steuerte auf die Bar am Ende der Straße zu, leicht, beinahe beschwingt, obgleich sie die große Portion Sushi gewählt und genossen hatte.

Während sie auf den Weißwein wartete, zog sie gewohnheitsmäßig das Handy aus der Tasche. Der Bildschirm zeigte einen verpassten Anruf von Noëlle an, dazu eine Textnachricht von Salim. Meine Lieblingspatienten, dachte Mona und schüttelte schmunzelnd den Kopf. Lasst mich erst einmal das Wochenende beginnen; das hab ich nämlich verdient. – Sie zog einen Mundwinkel hoch und brachte den verpassten Anruf zum Verschwinden.

„Danke", sagte sie, als die Bedienung den Wein brachte. „Ich nehm dann noch einen."

Mona hatte eine arbeitsreiche Woche hinter sich. Gleich zwei umfangreiche Terminarbeiten waren abzuschließen gewesen: die Hochglanz-Broschüre eines Ferienresorts in Dubai, das in Rekordtempo aus dem Sand gestampft werden sollte, und ein juristisches Gutachten für ein lokales arabisches Finanzinstitut. Daneben hatte sie als Übersetzerin mehrere Krisengespräche mit einer afghanischen Familie zu führen gehabt, deren Asylgesuch nach dreijähriger Bearbeitungszeit und mehreren Einsprachen in letzter Instanz abgelehnt worden war. – Jetzt war endlich sie an der Reihe, dachte sie, keine Scheichs, keine unbegleiteten minderjährigen Asylbewerber mit Testosteronüberschuss, keine traumatisierten Künstler, kein pubertierendes Kind. Einfach nur Sushi und Weißwein. Und mit jedem Schluck leichter werden. Das musste doch möglich sein.

Mona tat sich noch immer schwer damit, das Recht auf Abgrenzung und persönlichen Freiraum für sich in Anspruch zu nehmen. Nach zwanzig Jahren Ehe brauchte sie Zeit, ihre eigenen Bedürfnisse wieder ernst zu nehmen, zu sortieren, auf eine unbelastete Weise egoistisch zu werden.

Sie legte den Kopf in den Nacken, öffnete den Mund und ließ ein Nüsschen auf die Zunge fallen. Nach dem ersten Schluck Wein sah sie auf das Handy, das sie mit dem Display nach unten auf den Tisch gelegt hatte. – Kein weiterer Anruf von Noëlle, keine Sprachnachricht auf der Mobilbox – sehr gut. Bei dir also alles okay. Und keine Angst, ich rufe nicht zurück. Auch wenn du immer das Gegenteil behauptest: Deine Mama ist lernfähig. Nie wieder werde ich zurückrufen, obwohl du keine Nachricht hinterlassen hast. Dafür gibt es die Mobilbox. Habe ich begriffen. Was aber nicht heißt, dass ich mir keine Sorgen mache. Quatsch. Darf ich ja auch nicht. Also sagen wir Gedanken. Die sind frei, sogar für Mamas. Gedanken darf ich mir machen.

Danke. – Mona schmunzelte, zog die Konturen ihrer Lippen nach.

Gute fünf Stunden dauerte Monas Verwöhnabend nun schon. Das Essen ohne Begleitung war gewöhnungsbedürftig gewesen, sie hatte sich unwohl gefühlt beim Japaner, ausgestellt wie eine Ware im Schaufenster. Zwei Aufnahmen hatte sie auf Band gesprochen, immer wieder auf das Handy geguckt und sich jedes Mal darüber geärgert, dass sie nicht abschalten, nicht loslassen konnte.

Ohne zu murren, aber zu allem entschlossen war Noëlle zum letzten Besuchswochenende bei ihrem Vater aufgebrochen. Sie hatte sich ausdrücklich vorbehalten, unverzüglich wieder nach Hause zu kommen, sollte er versuchen, sie auch beim letzten Besuch mit seiner „braunen Soße", wie sie gesagt hatte, vollzukleckern. Im selben Atemzug kündigte sie an, den Ring, den Pierre für sie gemacht hatte, irgendwo im Umsteigebahnhof zu verschenken. „Ballast abwerfen", sagte sie. Es gebe so viele, die das bisschen Gold wirklich gebrauchen könnten. „Irgendeiner Mama, die mit ihrem Kind auf dem Boden sitzt, drück ich das Teil in die Hand. Am liebsten einer mit Gesichtsschleier und langem Überkleid. Damit es sich noch besser anfühlt."

Mona versuchte, ihre Tochter umzustimmen, empfahl ihr, den Ring einschmelzen zu lassen.

„18 Karat Gold, Noëlle. Drei Rubine. Dein Papa hat nicht geknausert. Überleg doch, das gäbe ein schönes Taschengeld."

„Vergiss es“, sagte Noëlle. „Es wird Zeit, dass ich etwas Sinnvolles tue. Und ehrlich, mir fällt nichts Sinnvolleres ein, als den protzigen Dreck einer bedürftigen Muslimamama zu verschenken. Jeden anderen Ring würde ich zu Geld machen, ehrlich, und ich würde mich nicht mit dem erstbesten Angebot zufriedengeben. Aber der hier“, sagte sie und fuchtelte mit dem gestreckten Zeigefinger, „mit dem hier hab ich noch etwas vor.“

„Eben. – Du willst doch nach der Schule in die Ferien. Paris.“

„Mama! Hörst du mir zu? Ich schließe gerade ein Kapitel ab. Tschüss Papa. Ende Papa. Von heute an, für immer. Kapierst du das nicht?“

„Kapitel kann man beenden, ohne wertvolle Dinge wegzuschmeißen.“

„Bist du sicher, dass es eine gute Idee ist, wenn ausgerechnet du mir erklären willst, wie man Kapitel abschließt? – Und Verschenken hat ja wohl nichts mit Wegwerfen zu tun. Der Ring wird die Besitzerin wechseln, weil das meine Art ist, diese Geschichte zu beenden. Wann du dich endlich scheiden lässt, musst du selbst wissen, aber ich – das hier werde ich durchziehen, und zwar genau so, wie ich es mir vorstelle. Entschuldige, Mama, aber deine Meinung interessiert mich gerade einen Scheiß.“

Dann hatte sie den Rollkoffer gepackt, sich noch einmal umgedreht, um eine Reaktion auf Monas Gesicht abzulesen, die es nicht gab.

Mona nahm einen Schluck, und noch einen. Sie stellte das leere Glas hin, fuhr mit dem Finger über den

Rand, zog Kreise, als kreiste sie um eine unsichtbare Mitte. Dann griff sie erneut nach dem Handy. Auf dem Display leuchtete noch immer der Hinweis auf die Nachricht von Salim. Während der Kellner das zweite Glas Weißwein vor sie hinstellte, überlegte Mona, ob sie schon bereit war, ihre Aufgeräumtheit durcheinanderzubringen.

Seit dem gemeinsamen Besuch im Bistro hatte sie von Salim nichts gehört. Alle zwei, drei Wochen tauchte er auf, brauchte irgendetwas, dann tauchte er wieder ab. Wie er die langen Tage ohne geregelte Struktur zubrachte, was er genau tat, war ihr noch immer nicht klar. – Ein schwieriger Patient, dachte sie, anders schwierig als die anderen. Wobei ja irgendwie alle anders schwierig waren als die anderen. Der Wundschmerz im Mund musste inzwischen abgeklungen sein. Und vielleicht hatte er den Deutschkurs endlich begonnen; deutlich genug war sie immerhin geworden. Fürwahr, eine so gute Nachricht wäre eine SMS wert gewesen.

Der Gedanke war mehr Wunsch denn ernsthafte Überlegung. Zu oft schon hatte sich Salim für Deutschkurse angemeldet, seit er hier in Sicherheit war. Immer sprach er vom neuen Leben im neuen Land, vom Schicksal, das noch etwas mit ihm vorhabe. Mit dem Pathos des Geretteten sprach er, denn er wusste, er war ein Überlebender. Keine einzige Deutschlektion hatte er besucht, trotz Monas Ermahnungen. Salim verwies wahlweise auf die Unsicherheit in Bezug auf seinen Flüchtlingsstatus, Grippe, den alten Kopf oder seine Versehrtheit überhaupt. Dass Mona ihm glaubte, erwartete er gar nicht. Er müsse doch reden können, sagte sie immer, den Bildern im Kopf eine Sprache geben. Das helfe, das habe schon vielen geholfen. Ohne Deutschkenntnisse könne er sich unmöglich aus dem Sumpf ziehen.

Salim erzählte nicht. Nicht viel mehr als die Eckdaten seiner Biografie gab er preis, die Stationen der Zerstörung eines Lebens. Er schien noch nicht bereit zu sein, sich mit dem Schrecken zu konfrontieren, weil er noch immer auf der Flucht war, nicht angekommen in dem Land, von dem er sich wünschte, es werde ihm eine geliehene Heimat.

So sehr Mona Verständnis hatte für die Schwierigkeiten einer provisorischen Existenz, so sehr wuchs ihr Unmut über die Art und Weise, wie er damit umging. Nach dem Gespräch im Bistro hatte sie sich geschworen, seine Passivität, seine Opferhaltung nicht länger zu tolerieren. Am meisten ärgerte sie, dass eine einigermaßen sinnvolle Kommunikation mit Salim noch immer nicht möglich war. Da sie sich aus erzieherischen Gründen weigerte, Arabisch mit ihm zu sprechen, musste sich Salim mit einer Übersetzungs-Applikation behelfen. Was er sagen wollte, tippte er auf Arabisch in sein Handy, Google Translate erstellte in Sekundenschnelle die Übersetzung. Zu entschlüsseln waren solcherart konstruierte Nachrichten in der Regel nicht; fast immer bedurfte es mehrerer Rückfragen, bis Mona das Gefühl hatte, wenigstens halbwegs zu verstehen.

Entschlossen griff sie nach dem Handy, rief die Nachricht von Salim ab – und verdrehte die Augen. Auch beim zweiten und dritten Lesen ergaben die Wörter keinen Sinn. Weil sie die Erfahrung gemacht hatte, dass die App immerhin Nomen einigermaßen verstand, konzentrierte sie sich erst einmal darauf. *Alkohol, Krieg, Doktor*. Mona versuchte vergeblich, die drei Wörter in einen nachvollziehbaren Zusammenhang zu bringen. Sie wollte schon auf *Antworten* drücken, um bei Salim eine Neuversion anzufordern, als sie das Wort *tot* bemerkte. Mona las noch einmal. *Alkohol, Krieg, Doktor*. – Der Krieg, okay. Nur mit Alkohol zu ertragen. Und Verletzte, ja, der Arzt. Aber der Krieg war ja weit weg. Dann eben, nach einer Leerzeile: *tot*.

Mona brachte die Nachricht zum Verschwinden. Während sie noch auf das Display starrte, tastete sie nach dem Glas, nahm einen Schluck – dann wählte sie die Nummer von Salim. Nach drei Klingelzeichen meldete sich die Mobilbox.

Je näher das Ende der Schulzeit rückte, desto stärker beschäftigte Johannes die Frage der Berufswahl. Einige seiner Klassenkameraden schrieben schon Bewerbungen, andere stellten sich mit ihrem Vater gleich persönlich in einem Betrieb vor. Etwas Richtiges werden wollten sie. Wenn sie auch mehr ahnten als wussten, was die Redensart bedeutete, so zweifelten sie nicht daran, dass *etwas Richtiges werden* mit der Aussicht auf ein vielleicht nicht sorgenfreies, aber doch gutes Leben in direkter Verbindung stand.

Auch für Johannes war klar, dass etwas Richtiges zu werden nicht falsch sein konnte. Und da dieses Ziel mit ehrlicher Arbeit zu erreichen war, wie alle sagten, sah er keinen Grund, es nicht wenigstens zu versuchen.

Wenn er seinem Vater im Garten oder bei einer der Gelegenheitsarbeiten zur Hand ging, sagte er: „Vater, ich möchte etwas werden. Etwas Richtiges." Anfangs sagte er es nur beiläufig, gewissermaßen probehalber, und gab sich zufrieden mit Gottliebs einsilbigem „Soso". Johannes aber ließ nicht locker, erzählte von den in Aussicht stehenden Lehrstellen seiner

Schulkameraden, fabulierte von Berufen, die ihn interessieren würden. Maurer, Schreiner, Schweißer, Bodenleger. Gottlieb ließ sich nicht auf eine Diskussion ein. Er dachte nicht daran, seinen Sohn in eine Lehre zu schicken. Zwar sah er wohl, dass Johannes zwei überdurchschnittlich geschickte Hände hatte und für vieles zu gebrauchen war. Einer, der sich in der Landwirtschaft auskannte, einer, der sich während des Hausbaus als Handlanger nützlich gemacht hatte, einer, der überhaupt für alles Interesse zeigte, wo Zupacken gefordert war – dass sich für so einen im Handumdrehen ein Ausbildungsplatz finden würde, das wusste Gottlieb. Aber er sagte nur: „Wir reden dann mal drüber."

Johannes hörte schließlich auf, nach möglichen Berufen und Lehrstellen zu fragen. Er hatte resigniert. Nach den Sommerferien würden die anderen damit anfangen, etwas zu werden. Was aus ihm werden sollte, wagte er sich nicht vorzustellen. Etwas Richtiges jedenfalls, dessen war er sich sicher, kam nicht mehr in Frage. Dafür war es zu spät.

Der Schulabschlussfeier blieb Johannes fern, ihm war nicht nach Feiern zumute. Stattdessen half er auf dem Hof beim Ausbessern eines Viehzauns, schaute nach Berta und dem Kälblein. Auch während der folgenden Tage gab es reichlich Arbeit für ihn; der Stallknecht hatte sich im Vollrausch den Fuß verknackst. Da der Schulabgänger ohnehin keine Verpflichtungen mehr hatte, wurde er kurzerhand als Hilfsmelker auf dem Hof behalten.

Nach drei Wochen wurde er von Gottlieb nach Hause gerufen. Rosa saß am Esstisch, Gottlieb setzte sich ebenfalls, während er Johannes mit einer Kopfbewegung den Platz am Fenster wies. Johannes machte sich klein auf dem Stuhl, schob die Hände unter die Schenkel, starrte auf das rotweiß karierte Plastiktischtuch.

„So, mein Junge", sagte Gottlieb. „Es wird Zeit, dass du dich nützlich machst. Alt genug bist du ja. Und wer alt genug ist, der muss Geld verdienen und erwachsen werden."

Johannes fuhr mit den Fingern den Umrissen der roten Karos nach. Er hätte seinem Vater ins Gesicht schauen wollen, aber er brachte es nicht fertig, den Kopf zu heben. Rosa nickte ihm aufmunternd zu, hob die Hand, als wollte sie ihm über den Kopf streichen. Dann bedeutete sie ihrem Mann fortzufahren.

„Ich mache es kurz: Du hast eine Stelle."

Johannes erstarrte. Er versuchte sich aufrecht hinzusetzen, doch er spürte nur die plötzliche Hitze, die vom Nacken in den Kopf schoss.

„Hast du gehört?"

„Ja. Aber –"

„So schau mich wenigstens an!"

Johannes lehnte sich erst zurück, hob langsam den Kopf. Dann richtete er sich ruckartig auf, um einer weiteren Zurechtweisung zuvorkommen.

„Weber Textilien", sagte Gottlieb.

„Bei Herrn Weber? Eine Lehrstelle? – Aber du hast doch immer gesagt –."

Etwas in Johannes' Stimme zitterte, und er wusste, es war die Angst. Die Angst davor, dass die Freude vorbei war, bevor er sie würde genießen können. So war es oft genug gewesen.

„Eine Stelle, habe ich gesagt. Nichts von Lehre. Im Leben geht es darum, vorwärts zu kommen; dass man dabei etwas lernt, versteht sich von selbst. Eigenes Geld verdienen, das willst du doch auch. Es hilft uns allen. Darum gehts. Und – ein Laufbursche braucht nicht immer ein Laufbursche zu bleiben. Vorausgesetzt, er taugt etwas."

„Ein Laufbursche?"

„Mal hierhin, mal dorthin. Der Postbote der Firma. Nicht jeder bekommt eine so verantwortungsvolle Aufgabe."

„Aber – Herr Weber kennt mich doch gar nicht."

„Er kennt Rosa, ihre Arbeit. Übermorgen kannst du anfangen. – Und dass du uns keine Schande machst."

Johannes nickte, weil er nicht schreien konnte.

Der Arbeitsort von Johannes befand sich ganz hinten im Tal in einer der Filialen von *Weber Textilien.*

Am Morgen steckte er die Schuhe in den Rucksack und marschierte los. Zwei Stunden Arbeitsweg täglich, barfuß. Eine Wahl hatte er nicht, denn waren die Schuhe einmal durchgetreten, gab es keine neuen – und ein Laufbursche ohne Schuhe, dass das nicht ging, wusste er selbst.

Johannes verrichtete seinen Dienst zuverlässig, trug Akten von Büro zu Büro, brachte Schnittmuster in die

Fabrik, lieferte in der näheren Umgebung Ware aus, die in einem Schubkarren transportiert werden konnte.

Von seinem geringen Verdienst musste er die Hälfte zu Hause abliefern, für Bett und Essen. Von der anderen Hälfte legte er so viel zur Seite wie möglich.

Bei Robert im Stall oder mit Großvater auf dem Feld war er nur noch selten. An Wochenenden half er aus, wenn Not am Mann war – für ein Stück Speck, ein halbes Brot, etwas Käse oder Früchte. Der Tauschhandel wurde stets von seinem Großvater abgewickelt, was gleichzeitig bedeutete, dass Johannes für seine Arbeit einigermaßen anständig entschädigt wurde, reichlich genug jedenfalls, um sich unter der Woche vormittags und nachmittags eine Zwischenverpflegung gönnen zu können.

Johannes hatte sich mehr schlecht als recht eingerichtet in seinem Leben zwischen Landwirtschaft und strapazierfähiger Arbeitskleidung nach Weber'schem Schnittmuster. Was er tat, das tat er mit der Selbstverständlichkeit des Heranwachsenden, der nie etwas anderes als Arbeit gekannt hatte und deshalb gar nicht auf die Idee kam, Fragen zu stellen. Klaglos funktionierte er unter der Woche als Laufbursche, manchmal, an den Wochenenden, als Aushilfsknecht.

Dann wurde Berta krank, seine liebste Kuh.

Schon am Morgen beim Melken hatte Johannes den Eindruck gehabt, Bertas Euter fühle sich anders an als sonst. Die Milch hingegen, die er sich aus lieb gewonnener Gewohnheit direkt von der Zitze in den Mund spritzte, schmeckte wie immer, und er genoss die lauwarme Süße auch an jenem Tag mehr als jedes andere Frühstück. Am Abend aber ließ sich Berta nur widerwillig und, wie es schien, unter Schmerzen die Zitzen massieren. Sie war unruhig, bewegte sich unkontrolliert. An Melken war so nicht zu denken und Johannes fühlte sich verpflichtet, den Bauern über den Gesundheitszustand des Tieres zu informieren.

Robert verdrehte die Augen und stieß einen unverständlichen Fluch aus.

„Ist es schlimm?“, fragte Johannes.

„Ein entzündetes Euter. – Ohne Arzt geht es nicht. – Mach jetzt weiter. Gemolken muss die Kuh trotzdem sein.“

Johannes machte weiter, sprach mit Berta, beruhigte sie, molk sie noch vorsichtiger als sonst und weinte dabei leise vor sich hin.

Tage später zeigte sich, dass die antibiotische Behandlung nicht anschlug. Robert fürchtete, die Kuh werde es nicht schaffen.

Auch Johannes gab Anlass zur Sorge. Er brauchte ungewöhnlich viel Zeit selbst für einfache Botengänge, setzte sich hin, wo es möglich war, schwächelte allenthalben. Als auch noch Fieber dazukam und er sich bei der Arbeit kaum noch auf den Beinen halten konnte, wurde er mit dem Lieferwagen von *Weber Textilien* zum Arzt gefahren. Der Allgemeinmediziner schaute den Jungen an, sah ihm in den Mund, schüttelte den Kopf.

„Dass man so überhaupt noch Luft kriegt“, sagte er. „Derart geschwollene Mandeln habe ich selten gesehen.“

„Ist das schlimm?“, sagte Johannes.

„Es ist weniger schlimm, wenn sie raus sind. Dann gibt es zum Glück Medikamente, die den Bakterien den Garaus machen. Den Rest wird die Bergluft besorgen. – Jetzt aber erst mal ab ins Krankhaus. Mit Tuberkulose ist nicht zu spaßen.“

Tuberkulose. Das Wort hatte Johannes noch nie gehört. Er verstand immerhin, dass offenbar dringend etwas gegen irgendwelche Käfer unternommen werden musste, und er war froh, dass ihn der Chauffeur von *Weber Textilien* gleich ins Krankhaus fuhr.

Nach ein paar Tagen wurde er ohne Mandeln, dafür mit schachtelweise Antibiotikatabletten und einer Überweisung in eine Walliser Höhenklinik entlassen.

Für die lange Zugreise zu dritt griffen Gottlieb und Rosa tief in die Kassette mit dem Ersparten. Mehr könnten sie nicht für ihn tun, beim besten Willen nicht, sagten sie, nachdem ihr Sohn das Krankenzimmer bezogen hatte. Die sündhaft teuren Fahrkarten, die Kaninchen zu Hause.

„Ach“, sagte Rosa und schaute in die eindrückliche Runde von schneebedeckten Bergspitzen, „es geht einfach nicht. Aber anrufen werden wir, jeden Sonntagnachmittag. Wir müssen doch wissen, wie schnell du dich erholst, nicht wahr.“

„Vier Wochen“, sagte Gottlieb. „Das hältst du auch ohne uns aus. Du weißt ja, wir brauchen dich noch.“

„In Gottes Namen“, sagte Rosa, verknotete das kunstseidene Kopftuch und wandte sich zur Tür. „Johannes, Bub.“

Wie sehr Mama noch da ist. Dabei fehlt sie schon so lange. Es gibt Situationen, da denke ich jedes Mal an sie. Beim Entfusseln von Pullovern zum Beispiel. Oder wenn jemand „Paps“ sagt. Das ist geblieben. Das bleibt.

Wenn ich mit Mama über dich gesprochen habe, auch in deiner Anwesenheit, habe ich dich Paps genannt. Sonst nie. Jedenfalls nicht seit der Pubertät. Vielleicht gehört das dazu, wenn man sich von jemandem löst: dass man die Kosenamen zurücklässt.

Du nennst mich noch immer Mona. Ich kann mich ehrlich gesagt nicht erinnern, dass du mich je Monika genannt hättest. Der Name kam dir nicht richtig aus dem Mund. Und er tut es bis heute nicht. Sind es die drei Silben? Das mundartlich kratzige K? Mama hat einmal gesagt, wäre ich ein Junge gewesen, ich wäre ein Elias geworden. Ist es das? Seis drum. Als mich etwas von dir wegzog, als unsere Wege anfingen, auseinanderzuführen, wurdest du für mich zum Vater. „Paps“ überließ ich Mama. Sie hat dich mir immer wieder zurückgebracht. Als Kindheitswort warst du mir ganz nah.

Das hat sich nicht geändert. „Paps" macht etwas mit mir. Weißt du, was ich meine? Allein das Wort.

Diese ferne Klanglosigkeit.

Ein Wattewort.

Deshalb gehört es auf diese Tonspur.

Und gerade fällt mir auf: Spur und spüren. – Wie nah das beisammen liegt, wenn die Richtung stimmt.

Übrigens: Schokoladenmousse. – Auch das ist Mama. Es gibt kein besseres Rezept als ihres. Heute bin ich mal wieder dran. Eine Schokoladenmousse nach Noëlles allerletztem Besuchswochenende bei Pierre. Es wird sie freuen.

Eines noch, Vater: Seit ich mich mit uns beschäftige, wird mir bewusst, wie wenig ich von Mama weiß. Es ist wie bei dir: Einiges hat sie erzählt, einiges habe ich aufgeschnappt im Lauf der Jahre. Zu wenig. Ich habe es verpasst, ihre Erinnerungen einzufordern. Ich bin nicht einmal auf die Idee gekommen; zu sehr war sie da, für uns alle. Wie du. – Und dann, kurz nach deinem Siebzigsten, war sie weg. Ein Schlag im Hirn. Ein Schlag ins Gesicht.

Dann bleibt der Entfussler.

Schokoladenmousse.

Solche Dinge.

„Heiraten? Im Ernst?“, sagte Mona. „Moment mal. Langsam wird mir das alles zu viel. Letzte Woche hast du mir mit deiner Doktor-Krieg-tot-SMS so ziemlich mein ganzes freies Wochenende versaut. Dann haben wir über deine Situation in der Asylunterkunft gesprochen. Und heute erinnerst du dich daran, dass man dir vor geraumer Zeit den Asylentscheid geschickt hat.“

Salim nickte.

„Aber eigentlich willst du heiraten.“

Salim lachte laut und strahlte. Entweder hatte er nicht verstanden oder er sah ganz einfach nicht, wo das Problem lag. Jedenfalls zückte er das Handy, zeigte Mona ein Foto.

„Kalila“, sagte er.

„Eine Syrerin?“

„Kuwait. – Kuwait gut für Christ.“

Mona schaute genau hin. Die Frau auf dem Porträtbild schien ein paar Jahre jünger zu sein als Salim, trug Jeans und eine türkisfarbene, tief aufgeknöpfte Bluse. Mit der linken Hand strich sie sich eine Strähne aus dem glatten, vollen Gesicht, an jedem Finger steckte ein Ring; die Aufnahme schien an einem zugigen Ort gemacht worden zu sein, von der verschwommenen Landschaft war aber kaum etwas zu erkennen.

„Kalila“, sagte Mona. „Und das fällt dir jetzt ein?“

„Kalila gut“, sagte Salim und lächelte wie ein Angekommener.

Mithilfe von Google Translate fand Mona heraus, dass Salim schon seit Jahren mit Kalila zusammen war. Sie hatten sich in einem Malworkshop kennengelernt, den Salim geleitet hatte. Eine Fernbeziehung, denn während Kalila offenbar nicht dazu zu bewegen gewesen war, Kuwait zu verlassen, wo sie einigermaßen offen zu ihrem christlichen Glauben stehen konnte, war es für Salim grundsätzlich nicht in Frage gekommen, von einem muslimischen Land in ein anderes zu ziehen.

Mona musterte Salim. Er nippte an der Kaffeetasse, blätterte im Handy nach weiteren Fotos.

„Wieso jetzt, Salim?“, sagte Mona. „Wieso hier?“

„Liebe. Viel. – Syria nicht gut. Kuwait nicht gut. Hier gut. – Du helfen, Frau Mona, mit uns?“

Mona schüttelte verständnislos den Kopf. Sie sah an Salim vorbei, suchte den Blick des Kellners, bestellte ein Bier. – Heiratsplanerin, dachte sie. Großartig. Vorige Woche noch war sie Notfallmanagerin gewesen, freundlich unterstützt vom Leiter der Asylunterkunft, der ihr am Telefon geholfen hatte, Salims besorgniserregende Nachricht zu deuten. Natürlich war der arme Kerl traumatisiert. Wer wäre es nicht. – Wenn du aus nächster Nähe mitbekommst, wie sich zwei besoffene Afghanen wegen einer Schachtel Zigaretten in die Haare kriegen. Wie der Achtzehnjährige ein Messer aus der Besteckschublade nimmt und seinem Mitbewohner den Hals aufschlitzt. Das ist beschissen, Salim, ja, auch wenn du glücklicherweise nicht in der Küche, sondern im Schlafzimmer warst. Dass man dann merkwürdige SMSen schreibt, ich meine, wenn man Todesangst hat, das ist nachvollziehbar. Du der einzige Syrer in der Unterkunft. Und der einzige Christ. Nein, das ist nicht schön, und deshalb haben wir ja auch lange gesprochen, Salim. So etwas wird nicht wieder passieren, dafür habe ich gesorgt. Am neuen Ort wird vieles besser werden. – Das mit dem Asylentscheid allerdings, den du mir eben unter die Nase gehalten hast – Mensch, Salim.

„Danke“, sagte Mona und sah durch den Kellner hindurch. Während sie trank, wünschte sie sich, die Leichtigkeit würde sich schneller als gewöhnlich einstellen. Nach zwei großen Schlucken wischte sie sich den Mund ab, setzte das Glas sehr langsam auf den Deckel.

„Salim, wir sind hier nicht in Hollywood. Also vergiss die Heirat. Du hast nämlich ab sofort ganz andere Probleme. Und ich auch. – Weißt du, was das hier bedeutet?“

Mona wies mit dem Kopf auf den Asylentscheid, der zwischen ihnen lag.

„Das Entscheide. Salim jetzt hier.“

„Ja, du bist hier, und das ist ein Problem. Das Migrationsamt hat deinen Antrag auf Asyl nämlich abgelehnt.

In diesem Papier steht, du wirst nicht als Flüchtling anerkannt. Du hast kein Recht, hier zu bleiben. – Verstehst du? Sobald es die Umstände in Syrien zulassen, musst du wieder zurück.“

Mona zog das Dokument zu sich heran, wanderte mit dem Finger durch die Zeilen.

„Hier. – Ausweis F für Ausländer“, sagte sie.

„F gut?“, fragte Salim.

„Nein, Salim. F ist nicht gut. Du musst zurück nach Syrien, sobald es möglich ist, dich zurückzuschicken.“

„Salim Syria tot.“

Er starrte auf das bedruckte Papier, aber er sah nichts. Seine kräftigen Schultern waren nach vorne eingefallen, die dunklen Säcke unter den Augen schienen zu pulsieren. – Dann richtete er sich auf, als erwachte er aus einem Traum, schlug mit der offenen Hand auf das Papier.

„Lüge!“, rief er, so laut, dass sich die beiden Männer am Nachbartisch umdrehten. „Das Lüge!“, rief er noch einmal und spuckte auf das amtliche Dokument. „Übersetzer Lüge.“

„Okay, Salim“, sagte Mona so unaufgeregt, wie es die Situation zuließ. „Nein, nicht okay. Mann schlecht.“

„Ist ja gut, Salim. Das werden wir herausfinden. Aber der Reihe nach. – Also ich hab das Anhörungsprotokoll jetzt nur kurz überflogen; und ich sehe, da steht vieles genau so drin, wie du es mir erzählt hast: die Zerstörung deines Ateliers durch einen IS-Trupp, die Verschleppung in ein Camp des IS, die erfolgreiche Flucht während eines Toilettengangs, die körperliche Misshandlung deiner Eltern. Das alles steht hier. Sogar deine Beweisfotos haben sie kopiert, siehst du: die Einschusslöcher in der Ateliertür, die zerschnittenen Ikonen und Landschaftsbilder, das Foto von deinem zerschlagenen Gesicht, der gebrochene Arm deiner Mutter."

„Mutter, ja", sagte Salim. „Viel krank."

„Aber da steht noch mehr, Salim. Und das ist nicht gut. Da steht zum Beispiel, du hast Assad-Porträts für die Regierung gemalt. Mindestens fünf Präsidentenporträts hast du gemalt. Davon hast du nie ein Wort gesagt. – Lüge?"

„Lüge nein. Frau Mona –"

„Im Protokoll steht auch, du bist nach deiner Flucht aus dem IS-Camp in den Libanon eingereist und freiwillig wieder nach Syrien zurückgekehrt. Dreimal insgesamt bist du aus- und wieder eingereist. – Lüge?"

„Libanon nicht Lüge, ja. Aber –"

„Dann bin ich mal gespannt, wie du das erklärst."

Der Schreibtisch war belegt mit zahlreichen Ordnern und Mäppchen, eine Spotlampe warf ihren Schein auf vollgekritzelte A4-Blätter neben der Tastatur. Mona starrte auf den Bildschirm, während sie tippte, das digitale Dokument wuchs Zeile für Zeile. Dann und wann schüttelte sie den Kopf, sank halb genervt, halb entmutigt in die Lehne des Bürostuhls, oder sie stand auf und ging zum Fenster. Der Rohbau hatte Augen bekommen, das „Gespenst", wie Noëlle die Nachbarsiedlung nannte, hatte jetzt ein Gesicht. Monas Blick folgte der Fachwerkkonstruktion des Kranturms bis hinauf zur Führerkabine, die im Abglanz der Straßenlampen matt schimmerte.

Mona stützte die Ellbogen auf, legte das Kinn in die Hände und las das Geschriebene durch, als gälte es, Anlauf zu nehmen für einen neuen Absatz.

Auf mittlerweile zweieinhalb Seiten hatte sie zuhanden der Migrationsbehörde die Gründe für Salims Wiedererwägungsantrag dargelegt. Den ganzen Sonntagnachmittag hatte sie zuvor mit Salim verbracht, sich dabei zum ersten Mal auf eine Konversation in arabischer Sprache eingelassen. Das hatte sie für angemessen gehalten, nachdem nicht weniger als Salims Zukunft davon abhing, wie gut er sich verständlich machen konnte. So hatte er zu den strittigen Punkten Stellung genommen, erst zögernd und verunsichert, dann zunehmend befreit. Mit dem Feuer des Missverstandenen und der verzweifelten Wut des Zurückgewiesenen hatte er noch einmal nachgezeichnet, was er lieber ganz und für immer ausgelöscht hätte.

Die Begründungen im ablehnenden Entscheid seien teils falsch, teils nur zum Teil zutreffend, sagte er. In Anbetracht der viel zu knappen Anhörungszeit und der mangelhaften Übersetzung sei das wenig verwunderlich. Der Übersetzer, ein Marokkaner ohne entsprechende Ausbildung, habe einen ganz anderen Dialekt gesprochen und keinerlei Hochsprachenkenntnisse gehabt. Schon während des Gesprächs habe das mehrfach zu Missverständnissen geführt und sich offensichtlich auch in der Stellungnahme der Behörde niedergeschlagen.

Die Sache mit den Porträts etwa, sagte Salim, habe der Marokkaner nur halb verstanden. Von freiwilliger Arbeit für den Präsidenten könne nämlich nicht die Rede sein. Vielmehr hätten die staatlichen Behörden ihn wie viele andere bekannte Künstler erpresst. Als Gegenleistung für die Bilder hätten sie ihm Sicherheit geboten; für den Fall, dass er nicht kooperiert hätte, wäre mit dem Schlimmsten zu rechnen gewesen, und zwar für seine ganze Familie. Honorare habe er selbstredend keine bekommen, nicht einmal die Materialkosten seien ihm erstattet worden. Das habe der Marokkaner einfach überhört, weshalb auch immer. – Gewiss, sagte Salim, er habe seine Kunst verraten. Schlimmer noch: seine Gesinnung. Man könne ihm vorwerfen, nicht den Tod in Kauf genommen zu haben. Nur, an sich selbst habe er gar nicht gedacht. Er habe eine kranke Mutter, und kein Sohn würde wissentlich und willentlich das Leben seiner Mutter aufs Spiel setzen, aus ideologischen Gründen schon gar nicht. – Wie es aber den Anschein mache, stelle sich die Migrationsbehörde auf den Standpunkt, dass kein Feind des Staates sein könne, wer Porträts seines Präsidenten male.

Ebenfalls wegen der Eltern sei er nach der erfolgreichen Flucht wieder aus dem Libanon zurückgekehrt, drei Mal. Sie hätten ja in Az-Zabadani gewohnt, nur ein paar Kilometer von der Grenze entfernt. Nach dem Überfall auf das Atelier und das Elternhaus habe er sich bei Nacht davongestohlen, die Grenzposten mit viel Geld bestochen – und sei wieder zurückgekehrt. Aus Angst um sein Leben sei er geflüchtet, aus Angst um das Leben seiner Eltern sei er wiedergekommen. Bei ihnen zu wohnen sei nicht infrage gekommen, aber ein Freund der Familie habe ihn in Untermiete genommen und mit dem Nötigsten versorgt. Wie ein Verbrecher habe er sich da versteckt, ein paar Kilometer nur von den Eltern entfernt und dennoch unendlich weit weg. Erst im vierten Anlauf habe er es geschafft, sie im Stich zu lassen. Auch das habe er dem Marokkaner gesagt, aber nichts davon stehe im Gesprächsprotokoll. Und die Behörde wiederum ziehe daraus den Schluss, dass einer mit einem echten Fluchtgrund nicht freiwillig ins Ursprungsland zurückkehre. Insofern passe es ins Bild, dass das Amt weder die Fotos von den Einschusslöchern im Atelier noch jene von seinem zerschlagenen Schädel oder dem offenen Armbruch seiner Mutter als Beweise für einen IS-Überfall betrachte und die Schilderung seiner Entführung durch einen IS-Trupp als reine Erfindung abtue. Dabei, sagte Salim, müssten doch gerade die Leute vom Migrationsamt am besten wissen, dass Künstler und erst recht Künstler christlichen Glaubens im Islamischen Staat ganz besonders gefährdet seien.

Mona presste die Lider zusammen, rieb sich die Augen. Entmutigt sah sie noch einmal über die Kopie des Gesprächsprotokolls, das neben ihren handschriftlichen Notizen lag. Auch wenn sie nie mit der Behandlung von Asylgesuchen zu tun gehabt hatte, schien ihr nachvollziehbar, dass der Entscheid so und nicht anders ausgefallen war. Nicht viel mehr als ein Beschlussprotokoll hatte der Übersetzer geliefert, das keinerlei Aufschluss gab über die Motive von Salims Verhalten in den strittigen Punkten. Eine Bedrohung an Leib und Leben des Geflüchteten, die zwingende Voraussetzung für ein Bleiberecht, konnte so wirklich nicht zweifelsfrei festgestellt werden.

Mona stand auf, ging zum Fenster, sah zum weit ausladenden Kranarm hinauf. Ihr fiel das Wort ein, das sie vor Monaten beim Aufbau der imposanten Konstruktion aufgeschnappt hatte. *Laufkatze*. Mona kam es vor, als duckte sich das stählerne Tier unter die Streben, als wäre es auf dem Sprung in eine unabsehbare Ferne. Unter ihrem linken Auge zuckte etwas, sie wandte sich ab, blickte auf den schwarzen Bildschirm. – „Lauf, Katze“, sagte sie tonlos, und es klang wie ein Urteil.

Sie setzte sich wieder an den Schreibtisch, fuhr mit dem Finger der Unterschrift nach, die Salim unter das Protokoll gesetzt hatte. – Wie konnte er nur! Einen Wisch unterzeichnen, der das neue Leben, das noch nicht mal richtig angefangen hatte, in absehbarer Zeit wieder beenden würde. Seine Erklärungen waren doch plausibel, wieso also hatte er nicht darauf bestanden, dass nachgebessert wurde? War er dem Druck nicht gewachsen gewesen? Irgendwie schien er es selbst nicht zu wissen. Jedenfalls, ein Lügner war Salim nicht, und deshalb galt es, ihn aus dieser Zwischenwelt, in der sich nicht leben ließ, auf amtlichem Weg herauszuholen. Wenigstens den Versuch wollte sie unternehmen. Denn selbst konnten sich Problempatienten erfahrungsgemäß nicht helfen. Und im Gegensatz zu Katzen hatten sie nur ein einziges Leben.

Mona griff entschlossen nach der Maus. Der Bildschirm blendete.

„Mama?“

Noëlle lehnte am Türrahmen, das Samtjäckchen neckisch um die Schultern gelegt. Die Handtasche schlackerte vor und zurück.

Mona musterte ihre Tochter über den Rand der Brille hinweg, sah auf die Uhr.

„Du bist zwanzig Minuten zu spät.“

„Ich habe gewusst, dass du das sagst.“

„Ich wünschte, ich müsste es nicht jedes Mal sagen, Noëlle. Ich muss mich auf dich verlassen können.“

„Kannst du auch. Du kannst dich drauf verlassen, dass ich jeden Abend nach Hause komme. Vor oder nach der vereinbarten Uhrzeit.“

„Das ist nicht die Abmachung.“

„Mama, es ist mein Leben. Und im Gegensatz zu dir habe ich beschlossen, es zu genießen, okay?“

Mona schob sich vom Schreibtisch weg, lehnte sich zurück.

„Im Gegensatz zu mir?“

„Ich will nicht die Welt retten. Ich will etwas erleben. Ich will Spaß haben. Da spielen zwanzig Minuten mehr oder weniger nun mal keine Rolle. – Und jetzt frag nicht, ob ich getrunken habe! Man muss nicht getrunken haben, um dir so was zu sagen.“

„Ist das alles? Ich hab hier nämlich noch zu tun.“

„Okay, dann sag ichs dir: Seit sich der alte Nazi aus dem Staub gemacht hat, kümmerst du dich nur noch um die anderen. Ich meine, hast du ein Problem damit, dass der Samenspender abgehauen ist? Ist doch sein verdammtes Leben. Wir könnten es uns gut gehen lassen. Wir sind frei. Aber nein, du musst irgendwas wiedergutmachen, keine Ahnung. Denkst du, du bist schuld, dass er durchgedreht hat? Und jetzt musst du Gutes tun bis in alle Ewigkeit? – Mama, ich seh doch, worum es geht."

„Eben. Die Welt retten", sagte Mona und verschränkte die Arme.

„Du triffst dich mit ihnen, du schreibst Briefe für sie, telefonierst mit irgendwelchen Ämtern. – Auf was für einem Trip bist du eigentlich?"

„Es gibt Dinge im Leben, die kann man sich nicht aussuchen."

„Wow. – Väter, zum Beispiel."

„Väter, zum Beispiel, ja. Oder jemandem zu helfen, der sich nicht selber helfen kann. Salim, zum Beispiel."

„All die Typen heißen Salim?"

„Es gibt nur die Einzahl, Noëlle. Ein syrischer Flüchtling."

„Von mir aus. Dieser Salim hat es sicher verdient. Aber es gibt auch noch uns. Ich meine – dich, Mama. Und mich."

Noëlle nestelte am Messingverschluss der Handtasche, blickte zu Boden. Dann stieß sie sich mit einer Bewegung aus dem Oberkörper vom Türrahmen ab und wandte sich zum Flur.

„Du brauchst mich nicht zu wecken morgen früh“, sagte sie. „Mathe fällt aus.“

Mona schaute ihrer Tochter nach, die im Dunkel der Wohnung verschwand.

Johannes verließ die Kantine als einer der Letzten, ging den abschüssigen, mit Steinplatten ausgelegten Weg zu seiner Schlafbaracke. Einige Meter vor der Tür blieb er stehen, hob den Kopf und drehte sich um die eigene Achse, langsam, wie einer, der die Überraschung so lange wie möglich genießen wollte. Johannes schaute und konnte sich nicht sattsehen.

Im Süden bildete eine Formation von Dreitausendern den mächtigen Abschluss des Tals. Stein und Eis und sonst nichts. Auch die dunklen, nach oben sich verjüngenden Flanken der ehemaligen Alpweide ragten steil in den sommerlichen Abendhimmel. Johannes folgte dem monumentalen Kranz Gipfel für Gipfel, wenngleich sie ihm alle ähnlich erschienen und er keinen einzigen Namen kannte. Als er ins jäh abfallende Tal hinabschaute, kam es ihm vor, als hätte man dieses Gebirge aufgerissen, mit übermenschlicher Gewalt eine Furche gezogen bis weit hinunter, wo die kleine Stadt nicht einmal zu erahnen war.

Mit offenem Mund stand er da, konnte nicht aufhören zu staunen über die Mächtigkeit des Panoramas, in der etwas ebenso Faszinierendes wie Bedrohliches lag. Sein Blick wanderte hinüber, hinauf zur Baustelle, die an Größe alles übertraf, was er für möglich gehalten hatte. Der zweihundert Meter dicke Fuß aus Beton war bereits in die Landschaft gegossen, die Mauer wuchs talaufwärts, zwängte sich Kubikmeter für Kubikmeter zwischen die Bergflanken. Noch kam es ihm unwirklich vor, dass er die nächsten Wochen hier oben verbringen würde – als einer von mehr als tausend. Italiener seien es vor allem, hatten sie ihm gesagt, dazu Walliser und Deutschschweizer, untergebracht in einem eigens aufgebauten Barackendorf. Kantine, Wasch- und Schlafräume, Aufenthaltsräume, Kinobaracke. Dazu, ein paar Höhenmeter talabwärts: eine Kapelle.

Er wusste nicht, ob ihm das alles ein Glück oder ein Leid war; ein Abenteuer war es auf jeden Fall; eines, das eben begonnen hatte. Am Nachmittag war er angekommen und in der Baracke Nummer drei einquartiert worden. Öltanks würde er schweißen, meterhoch seien sie, hatte ihm der Vorarbeiter gesagt, ohne Gerüste sei das nicht zu machen, um sieben in der Früh gehe es los, Feierabend um sieben.

Als ein Arbeiter an ihm vorbei zur Barackentür ging, wandte sich Johannes um und folgte ihm. In einer Art Entree, das wie eine Garderobe aussah, standen hohe, schmale Schränke, jeder mit einer Nummer versehen, an drei Wänden Holzbänke, darunter schwere, schmutzige Schuhe. Im Schlafraum zwei Zehnerreihen Betten, die nicht viel mehr als Pritschen zu sein schienen. Schlafplatz Nummer neunzehn befand sich ganz hinten; seine beiden Bettnachbarn waren noch nicht da, andere schliefen bereits. Johannes legte den Apfel, den er aus der Kantine mitgebracht hatte, auf den kleinen Nachttisch, ging zurück in die Garderobe. Schrank Nummer neunzehn war offen, der Schlüssel passte.

Johannes zog die Decke hoch und atmete tief aus. – Elf Stunden schweißen, sechs Tage die Woche. Irgendwo im Bauch dieser Mauer, die noch gar keine war. Auf 2300 Metern über Meer. Und vor allem: auf Italienisch und Französisch, aber wie bloß.

Dann sah er unvermittelt Jakob vor sich, den Zuschneider der Firma *Weber Textilien*, der ihn in einer Neunuhrpause zur Seite nahm und sagte: „Junge, das wird doch nichts hier. Du kannst etwas und du willst etwas. Also tu es. Laufbursche, das ist nichts für dich. Seit eineinhalb Jahren läufst du dir die Füße wund und kommst nirgendwo hin. – Da. Ein schönes Bauerngut unweit von Neuenburg. Da siehst du mal was anderes, lernst Französisch. Die brauchen immer Arbeitskräfte. Ich war ein ganzes Jahr da. – Überlegs dir."

Johannes hatte den Zettel damals eingesteckt, irgendwo hingelegt und vergessen. Bis ihn kurz darauf die Tuberkulose erwischte. Erst in der letzten Woche seines Kuraufenthalts fiel ihm Jakob wieder ein. – Und wenn er es tatsächlich wagte? Einmal richtig arbeiten auf einem Bauernhof, gegen Bezahlung und weit weg von zu Hause. Französisch bei den Welschen, ja, auch wenn es sich wie eine Nasenkrankheit anhörte. Verkehrt konnte es jedenfalls nicht sein, zwei Sprachen zu sprechen.

Eine Woche nach dem Austritt aus der Klinik reiste der bald Siebzehnjährige mit den guten Wünschen von Herrn Weber und einem kleinen Koffer in sein eigenes Leben. Gottlieb und Rosa verbargen die Erleichterung hinter dem Glas des Küchenfensters. – Einer weniger am Tisch, dachte Gottlieb. Ein ganzes halbes Jahr lang. Und dann würde der Junge ja noch einen Drittel des Lohns nach Hause schicken. Fürwahr, so konnte das weitergehen. Er hob zum Abschied die Hand.

Johannes war nicht weniger zufrieden. Der große Hof im Hinterland von Lausanne war ein guter Ort. Er arbeitete und schlief, und wenn er weder das eine noch das andere tat, pflegte er die Kühe, sprach mit ihnen, froh, dass sie nicht antworteten. Denn mit der Sprache hatte er seine liebe Mühe. Die Wörter wollten nicht in seinem Kopf bleiben, und die wenigen, die es dennoch taten, ließen sich nicht zu Sätzen aneinanderreihen, so sehr er sich auch bemühte. Zurück nach Hause wollte er aber nicht. Ihm gefiel das Leben auf eigenen Füßen, auch wenn es ein einsames war.

Nach Ablauf des halben Jahres auf dem Hof fand Johannes dank der Kontakte des Gutsbauern eine Anstellung in einer Schlosserei. Ein großer Betrieb mitten in der Stadt, billige Unterkunft erhielt er in den Räumlichkeiten der Stadtmission. In der Schlosserei, die zu seiner großen Erleichterung auch Deutsch sprechende Mitarbeiter hatte, lernte er Schweißen. Johannes liebte die Hitze des glühenden Stahls, die Flamme des Lichtbogens, den beißenden Rauch der Elektroden. Er fühlte sich gebraucht, wenn er durch den Gesichtsschild zusah, wie die Schweißstäbe unter seinen Händen abschmolzen, der flüssige Stahl sich in die Fuge zwischen den Werkstücken fügte und unter der Schlacke zu einer reiß- und bruchfesten Naht erstarrte.

Siebzehn war er, und er konnte schweißen, nicht auf Französisch, aber auf Deutsch. Dann bestellte ihn der Meister in sein Büro.

„Du bist jung, du hältst etwas aus. Was du hier kannst, kannst du auch am Berg", hatte er gesagt. „Eine große Sache. Drei Monate, dann sehen wir weiter. Nächste Woche geht es los."

Johannes starrte an die Barackendecke, nach und nach kehrten die letzten Arbeiter zurück, zogen sich lautlos um und hockten sich auf ihre Pritschen. Auch die Nummer zwanzig war mittlerweile belegt. Der Mann war wie alle, die Johannes bisher gesehen hatte, um die vierzig, ein Riese, dessen Füße unter der gestreckten Decke hervorschauten. Er schien bemerkt zu haben, dass Johannes noch nicht schlief, und drehte sich zu ihm. „Alberto", sagte er. „Ciao, benvenuto. E buona notte."

Bevor Johannes hätte antworten können, schnarchte Alberto, ein unaufgeregtes, regelmäßiges Schnarchen, gegen dessen Selbstverständlichkeit nichts einzuwenden war.

Eine große Sache, dachte Johannes. Buona notte statt bonne nuit, immerhin. Das war Zuschneider Jakob zu verdanken. Dabei hatte er sonst kein Wort mit ihm gesprochen, nie. Vielleicht sollte er ihm schreiben, eine Postkarte, wenn es denn hier oben so etwas gab. *Viele Grüße von der Grande Dixence. Johannes Haller. Schweißer, deutsch.*

Mit jedem Tag, den Johannes auf der Baustelle verbrachte, fühlte er deutlicher, dass er tatsächlich Teil von etwas Großem war. Alberto war in seiner Gruppe der Chefschweißer, der jede Naht überprüfte. Dass er, ganz im Gegensatz zu seinen italienischen Kollegen, ausgesprochen einsilbig war, störte Johannes nicht im Geringsten. Manchmal, wenn die anderen wild durcheinanderredeten, über die Arbeit, die Frauen, die Heimat, setzte Johannes den Schutzschild ab und suchte den Blick von Alberto. Allein das gab ihm die Sicherheit, die er brauchte, eine Art Aufgehobensein, das keiner Gegenseitigkeit bedurfte.

Wo er hingeraten war, was das Große genau war und noch werden würde, erfuhr Johannes in der Kantine. Fast immer waren es Zahlen. Wer etwas aufgeschnappt hatte, gab es bei Tisch zum Besten. Exakt zweihundertfünfundachtzig Meter hoch werde der Damm, siebenhundert Meter lang. Der Lac de Dix werde dereinst vierhundert Millionen Liter Wasser fassen – quattrocento millioni –, gespeist von fünfunddreißig Gletschern und herangeführt durch 100 Kilometer Stollen, sans blague. Sechs Millionen Kubikmeter Beton – das ergebe ein Gewicht von quindici millioni di tonnellate, porco dio.

Es fiel Johannes schwer, die Superlative einzuordnen, zumal das Gepriesene erst noch geleistet werden musste. Für ihn zählte die Arbeit an den Stahlplatten, die perfekte Naht, ein aufmunternder Blick von Alberto, der erste Atemzug an der frischen Luft nach einer langen Schicht. Es zählte die wachsende Gewissheit, dass er Teil von etwas war, auch wenn er jünger war als die meisten. Gleich unter Gleichen war er. Zum ersten Mal in seinem Leben.

Und die Eltern waren sehr weit weg.

Kann man einander zu nahe sein? Klingt blöd, ich weiß. Aber ist es möglich, einander so nah zu sein, dass man das Gegenüber aus den Augen verliert? – Je länger ich darüber nachdenke, desto wahrscheinlicher erscheint es mir.

Und wie kommt es so weit?

Ehrlich, ich hätte es nicht für möglich gehalten, dass ich mir mal solche Fragen stellen würde. Nicht mit über fünfzig und einer, sagen wir: zwiespältigen vorläufigen Lebensbilanz. – Ich tue es, weil ich mir mittlerweile sicher bin, dass Martin für uns zwei wichtiger ist, als wir immer gedacht haben.

Mich hat nie interessiert, weshalb ein Kind tot zur Welt kommt. Was helfen Spekulationen um einen göttlichen Willen oder medizinische Erklärungen. Es war schwierig genug, mit dem klarzukommen, was war. Oder eben nicht. Also habe ich alles, was irgendwo in der Tiefe damit zusammenhing, verdrängt, wie man so schön sagt. Hätte, wäre, weshalb – das gab es für mich nicht.

Aber zuerst zu dir: Was macht das mit einem Vater, wenn sich fünfzehn Jahre nach der Tochter gegen jede

Wahrscheinlichkeit der ersehnte Sohn ankündigt und das Menschlein dann noch vor der Geburt beschließt, die Eltern wieder zu verlassen? Mal abgesehen von der seelischen Zerstörung, die so etwas anrichtet – ich glaube inzwischen, Martin hat auch deine Beziehung zu mir verändert. Und ich sag dir, weshalb.

Da wartet einer jahrelang vergebens auf ein Wunschkind – ja, ich weiß, ich war auch eines; darum geht es nicht. Da wartet einer also jahrelang vergebens auf ein Wunschkind, dann wird seine Frau schwanger, und es wird ein Junge. Wie toll das klingt, sagt Mama. Monika und Martin. Das passt. Aber es passt nicht. Etwas nimmt dieses Leben in die Hand und zerstört es. Die Mutter presst ein totes, gelb verfärbtes Stück Fleisch aus sich heraus. Martin. Dein zweites Kind, Vater, hast du nie gehabt. – Wie ist das zu überleben? Wenn einer geht, bevor er da ist? Der, den man längst nicht mehr erwartet hat? Ich weiß es nicht. Irgendwie hast du es geschafft, ohne dass ich viel davon mitbekommen hätte. Das ist ein Teil des Problems. Trauern bedeutete für dich und Mama nicht Auseinandersetzung, sondern Akzeptieren. Also blieb auch mir nichts anderes übrig. Nicht reden, sondern aushalten. – Aber da war ja noch das andere Kind. Als ihr wieder in der Lage wart, etwas anderes als den Schmerz zu spüren und zu denken, habt ihr gemerkt: Ein Kind haben wir ja noch. Eines ist uns geblieben.

Jetzt bin ich bei der Nähe. Wir waren damals buchstäblich aufeinander geworfen. In so einem Leid wächst die Nähe, wechselseitig. Und sie wächst, gerade wenn

Reden nicht möglich ist, bis zur vollkommenen Distanzlosigkeit. – Vater, ich war fünfzehn! Ich wollte die Nähe auch, ich brauchte sie. Aber ich war fünfzehn! Ich stand vor dem Wechsel an die große Schule in der großen Stadt. Ich war eben dabei aufzubrechen. Ich wollte und musste weg ins Eigene.

Ich habe es dir gesagt, später, ein einziges Mal, aber du hast es nicht gehört. – Ich erinnere mich genau, es war ein heißer Sommertag, du mähtest von Hand das Stück Land hinter Großmutters Haus, ich brütete im Zimmer über Französischvokabeln, Stoff der zweiten Klasse Gymnasium. Als du zurückkamst, schweißgebadet, mit Krämpfen im Rücken, kam es zur Auseinandersetzung. Kopf gegen Hand. Hand gegen Kopf. Du warfst mir Faulheit vor, ich dir Ignoranz. Oder habe ich Dummheit gesagt? Jedenfalls, es war dir nicht möglich zu begreifen, dass Vokabelnlernen auch Arbeit war. Ich saß also am viel zu kleinen Schülerpult und lernte Französischwörter. Du standest unter der Tür, die Hand in die Hüfte gestützt, der Schweiß tropfte auf den Parkettboden.

Du könntest auch mal was tun, Prinzessin.

Dein Satz traf mich ins Mark.

Entschuldige, dass das falsche Kind gestorben ist, sagte ich, warf das Französischheft an die Wand und stampfte an dir vorbei aus dem Zimmer. Später haben wir uns entschuldigt und umarmt. – Wie ich das so sage, wird mir bewusst, dass es unsere letzte Umarmung war, bis zu deinem Dreiundachtzigsten, und das ist nun auch schon wieder eine ganze Weile her. – Was ich sagen wollte: Du hast den Satz nicht verstanden. Ich habe dir gesagt, was mit so einer Monika passiert, aber du hast mich nicht gehört. Tausende Male ist mir dieser Gedanke durch den Kopf geschossen: Mona, du bist die Falsche, Martin hätte deine Eltern glücklicher gemacht. Wie sich das anfühlte. Zu Unrecht überlebt zu haben. Nicht, dass ich das wirklich geglaubt hätte – aber geglaubt hatte ich es eben doch, immer wieder. Über Jahre schoss der Gedanke bei der kleinsten familiären Unstimmigkeit ein. Ihn auszusprechen, hatte nicht geholfen. Uns beiden nicht.

Ich habe oft an diesen Streit gedacht, Vater, in verschiedenen Zusammenhängen. Allmählich begreife ich, dass er für unser beider Scheitern steht. Es ging ja nicht um unsere Beziehung, sondern darum, weshalb wir keine hatten. Weil nämlich zwischen uns einfach nur Nähe war, sonst nichts.

Aufeinandergeworfene waren wir.

Aneinandergebundene.

Lauter schmerzhafte Fremdheit.

Und deine Tierchen? War nicht neulich der Halbjahres-Check?

Ich höre nichts, du schweigst.

Aber das will nichts heißen.

„Und?“, sagte Noëlle.

Als hätte sie die Frage nicht gehört, setzte sich Mona wieder an den Tisch, nahm sich eine zweite Portion Spaghetti aus dem Topf, der zwischen ihnen stand, schenkte sich Wasser nach.

„Er hat nach mir gefragt“, sagte Noëlle. – „Stimmts?“

„Natürlich“, sagte Mona und nahm einen Schluck, als sei es der erste.

„Ich habs gewusst. Ich hätte wetten können, dass er uns diesen Abend versauen wird.“

„Na ja, das liegt jetzt ganz an uns.“

„Was hat er gesagt?“

„Du willst dir den Abend versauen lassen?“

„Ich will nur wissen, was er gesagt hat.“

„Ob du hier bist, wollte er wissen. Er hat sich Sorgen gemacht.“

Noëlle hob beide Hände, verdrehte die Augen.

„Was geht ihn das an!?“

„Du bist fünfzehn. Er ist dein Vater. Du solltest jetzt mit ihm im Kino sitzen. Das ist eine gerichtliche Vereinbarung. Er trägt die Verantwortung.“

„Kommen jetzt die Vorwürfe? Wirklich? – Ausgerechnet von dir!“

Noëlle schob den halbleeren Teller von sich weg, stand auf und stellte sich ans Balkonfenster. Die Schweinwerfer eines Autos wurden von der Tiefgarage gegenüber verschluckt, Sekunden später schloss sich kaum hörbar die metallene Schiebetür.

„Also gut“, sagte sie. „Auf dem Weg ins Kino war noch alles okay. Er erzählte von seinem ersten Arbeitstag als Taxifahrer. Die Heimwerkstatt hat er ja inzwischen auch aufgegeben, den Raum vermietet er an eine Sportmasseurin. Die Schmuckstücke hat er allesamt eingeschmolzen und gegen Bares eingetauscht. Ab sofort schmiede er an seinem neuen Leben, sagte er und fand sich extrem originell. – Hat mir fast ein wenig leidgetan. Ich meine, innerhalb von gut einem Jahr Frau weg, Werkstatt weg, Beruf weg, Tochter weg. Und dann so Scheißsätze von sich geben. – Aber dann, an der Kinokasse – das war einfach too much.“

Mona nahm einen Schluck, zog mit zwei Fingern eine Nudel aus dem Topf, legte sie sich zwischen die Lippen und sog sie in den Mund.

„Jetzt komm erst mal wieder her“, sagte sie.

Noëlle setzte sich wieder an den Tisch, stellte die Fersen auf die Sitzfläche des Stuhls, umschlang mit beiden Armen die Knie.

An der Kasse hätten sie sich hinten anstellen müssen, sagte sie. Die Reihe *filmkultkultfilm* im Studio Acht sei wieder mal sehr gut besucht gewesen. Pierre habe ihr erklärt, auf wie viel Sinnlosigkeit und Scheitern sie sich in *The Meaning of Life* gefasst machen müsse – „wie im richtigen Leben", habe er gesagt.

Als sie vor der Ticketdame standen, einer schwarzen Teenagerin mit hohen Wangenknochen und geglättetem, im Nacken zusammengebundenem Haar, lehnte sich Pierre über den Tresen und sagte: „Sprechen Sie Deutsch?"

„Bitte?", sagte das Mädchen, so, als hätte sie tatsächlich nicht verstanden.

„Okay. Two Tickets", sagte Pierre und hielt ihr Daumen und Zeigefinger vors Gesicht. „Du verstehen, ja? – Understand?"

„Ein Erwachsener, eine Schülerin, das macht dann dreißig, bitte", sagte das Mädchen. „Der Eingang ist dort vorne links."

Über ihr Gesicht war eine zweite Haut gewachsen, die jede Regung verbarg. Als sie das Geld entgegennahm und die Tickets über den Tresen schob, sah sie an Pierre vorbei in die wartende Menge.

Pierre steckte eines der Tickets in die Innentasche des Vestons, das andere streckte er seiner Tochter entgegen.

Noëlle nahm das Ticket, ging auf einen Jugendlichen zu, der im hinteren Teil der Schlange mit seinen Freunden wartete, drückte ihm die Karte in die Hand und rannte aus dem Kino, über die Straße, durch den Park, immer in Richtung Bahnhof. Sie setzte sich in ein freies Abteil und nahm das Handy hervor.

Um neun wieder zu Hause. – Spaghetti?

Dann war der Zug losgefahren.

Noëlle drückte die Kuppe des Zeigefingers in die halb gefüllte Schale mit Parmesan, steckte sich den Finger in den Mund.

„Jetzt du", sagte sie.

„Wie, jetzt du", sagte Mona.

„Du willst mir doch sagen, dass es nicht okay war, meinen Vater allein den Sinn des Lebens suchen zu lassen."

Mona räumte die leeren Teller weg, das Besteck. Die übriggebliebenen Spaghetti kamen in eine Schale, über die sie Frischhaltefolie spannte.

„Salim", sagte sie, während sie sich zu Noëlle umdrehte. „Der Flüchtling. Er will uns hier syrisch bekochen, sobald seine Freundin aus Kuwait hier ist. – Magst du dabei sein?"

Immer, wenn ich diese rote Taste hier drücke und Atem hole, geschieht etwas mit mir. Dass wir miteinander im Gespräch sind, so, wie es eben möglich ist. Eine merkwürdige Mischung aus Rührung, Traurigkeit und Erleichterung. Die überfällige Aussprache, Vater. Aussprechen, was nicht hat gesagt werden können.

Wenn ich mit dir rede, bin ich eine andere – und zugleich ganz ich selbst.

Heute Morgen bin ich mit einem Satz aufgestanden. Bilder sind nicht geblieben von meinen Träumen, aber dieser Satz: *Martin hat dich ausgebremst.* Irgendwie doch ein Bild.

War es nicht so?

In kleinen Schritten hattest du dir erkämpft, was dir das Leben vorenthalten hatte. Immer bist du dabei klein geblieben, bescheiden. Aber das stimmt nicht ganz. Denn für dich, den billigen Knecht, war allein der Gedanke, etwas vom Leben zu wollen, ein Anspruch, der nicht zu der kleinen Existenz passte. Ein

Beruf, eine Frau, ein Haus, ein Kind, ein Auto. Viel war es nicht, was du wolltest, kaum einer hätte dir zugetraut, dass du es erreichen würdest. Kleine Schritte. Bescheiden bleiben. Dein Erfolgsrezept. Ich musste es übernehmen, gezwungenermaßen. Wie oft habe ich den immergleichen Satz zu hören bekommen. Zeigte ich halb neidisch, halb bittend auf den neuen Tretroller von Thomas, sagtest du: Das ist nicht für unsereins. Ferien am Meer? Nicht für unsereins. Ein Mofa für den langen Schulweg? Nicht für unsereins. Kleider bekam ich von den Cousinen oder von der um zwei Jahre älteren Tochter meiner Sonntagsschullehrerin; das tat es auch. Klar, das tat es auch, und es tat weh. Das ist nicht für unsereins. Der Satz ist eingestanzt, im Hirn.

Fünf Wörter. Sie haben dir recht gegeben, jeden Tag. Aber mir wollte nicht in den Kopf, weshalb sie auch für mich gelten sollten. Was für unsereins war, das war für mich zu wenig. Wieso sollte ich nicht mehr wollen dürfen? Und wieso nicht mehr bekommen? – Da gab es jenen Winter, ich war sechzehn oder siebzehn, als plötzlich alle Schals trugen in der Klasse. Billige Kunstfaserschals, die schon nach ein paar Wochen filzig und fusselig waren. Also sparte ich für Kaschmir. Natürlich war das nicht für unsereins, aber Qualität schlug nun mal jeden kurzlebigen Trend, auch im Portemonnaie. – Von da an habe ich dich sozusagen missioniert. Das war ziemlich dumm von mir, aber ich konnte nicht anders, und vor allem konnte ich nicht wissen, dass du da schon nicht mehr erreichbar warst für mich. Ich habe versucht, dich aus deinem, wie soll ich sagen, selbstgeschnittenen Kleinheitskorsett zu befreien. Eine echtseidene Krawatte habe ich dir zum Geburtstag geschenkt, zu Weihnachten ein feines Hemd, leicht zu bügeln. Du sagtest: Eine Krawatte hab ich doch schon. Und: Das Hemd für Beerdigungen ist noch bestens in Schuss. Als ich dich und Mama zum ersten Mal in meiner eigenen Wohnung bekochte, servierte ich Filetstücke vom Rind. Du sagtest: Etwas vom Schwein hätte es auch getan. Stimmt, sagte ich, aber wenn man nur drei, vier Mal pro Monat Fleisch ist, darf es auch was Rechtes sein. Du: Vor allem gehört es richtig durchgebraten. Ich: Fleisch von Freilandrindern darf man nicht kaputtbraten. Das muss wie Butter auf der Zunge zergehen. Du: Wenn ich Fleisch esse, will ich kauen. Alles andere ist kein Fleisch.

Umerziehung gescheitert. Klein bleiben.

Aber wie hättest du etwas anderes auch denken können. Wie hättest du den Anzug, in den dich das Leben gesteckt hatte, ablegen können. Du trägst ihn noch immer, Vater. Das ist nicht für unsereins. Der Satz ist dir ein Lebensbegleiter.

Seine Bedeutung allerdings hat sich über die Jahrzehnte geändert. Und das hat eben auch mit Martin zu tun. Vor seiner Geburt bedeutete der Satz: Das hier ist nicht für unsereins, aber es gibt anderes, und darauf arbeite ich hin. Nach Martins Tod aber sagtest du: Das ist nicht für unsereins und meintest damit, in welchen Zusammenhängen auch immer: Das hier ist ebenso wenig für uns wie alles andere. – Wo waren da noch die kleinen Schritte? Wo waren die bescheidenen Ansprüche und Erwartungen? Da war nur noch Resignation. Das halbleere Glas.

Du musstest wieder neu lernen vorwärtszugehen. Das hast du auch geschafft, aber da war kein Schwung mehr und kein Biss. So richtig wolltest du nichts mehr vom Leben. Wie soll ich sagen, du setztest einen Fuß vor den anderen, spultest die Wegstrecke ab, aber in die Gänge kamst du nicht.

Martin hat dich ausgebremst.

Für dich war er nie etwas anderes als lebloses Fleisch. Das ist bezeichnend. Und es ist traurig. Denn auch dein zweites Kind hatte gelebt, neununddreißig Wochen lang, sagten die Ärzte. Keine Totgeburt kommt einfach tot zur Welt. Für dich zählte das nicht.

Das hätte ich übrigens auch Mama gern noch gefragt. Wie hast du das ausgehalten, Mama?, hätte ich gefragt. Das Leben, das du so lange in dir getragen und genährt hattest – was zählte es bei der Geburt? Hast du je an das neununddreißig Wochen lange Leben von Martin gedacht? Was das für ein Leben war? – Für mich war er immer Teil der Familie. Für mich hat er immer gelebt. So sehr, dass ich ihn nicht tot sehen wollte, ihn nie am Grab besucht habe. Für mich musste Martin leben. Und er lebt. Als Gefühl. – Verdammt, Mama. Wenn man nichts sagt. Wenn man nicht fragt.

Und das ist jetzt wieder so ein Moment, wo ich mit dem Gedanken spiele, dir das Band irgendwann doch zu geben. Weil ich finde, du solltest dir das anhören können. Aber eben, würde es etwas ändern? Ich weiß es nicht.

Wie lange reden wir jetzt schon, Vater? Zwei Monate? Drei? Ich komme auf dich zu, Wort für Wort. Während ich rede, verwandelt sich deine Geschichte und meine im Kern.

Seit ein paar Wochen war Johannes wieder zu Hause. Einmal hatte er sich hingesetzt und einen Brief an Alberto angefangen, von dem er vermutete, er schweiße noch immer Tanks in der Mauer der Grande Dixence.

Ich bin wieder zu Hause. Nähe zwei Tage pro Woche Knöpfe an in einer Fabrik. Vestonknöpfe, Hosenknöpfe, Blusenknöpfe. Oder ich helfe Vater und der ältesten Schwester im Wald. Geschlagenes Holz sammeln. Legno, nicht? Legno morto. Du musst dir das alles halt übersetzen lassen, entschuldige. Ein paar Brocken, mehr habe ich von deiner Sprache nicht behalten. Das Schweißen macht mir weniger Mühe. Ich denke oft an dich und die anderen. Ich wäre gern bei euch. Wegen der Hoffnung.

Weiter war er nicht gekommen. Wann immer er sich aufraffen wollte weiterzuschreiben, kam es ihm sinnlos vor, von einem Leben zu erzählen, das ihm gar nicht wie eines vorkam, nicht wie eines, das zu leben sich lohnte. Es fiel ihm schwer, am Morgen aufzustehen, im Wissen, dass Gottlieb bereits am Tisch saß und über dem Muster des Plastiktischtuchs brütete. Schnitt

Johannes Brot, hob Gottlieb den Kopf. War die Scheibe zu dick, presste er ein dunkles „Ho“ aus dem Hals.

Damit hatte Gottlieb meistens gesagt, was es für den Tag zu sagen gab. Er sprach noch weniger als vor Johannes’ Lehrjahr in der Fremde. Manchmal rief er nach Rosa, manchmal nach der jüngsten Tochter, manchmal betete er: „Komm, Herr Jesus, sei du unser Gast und segne, was du uns bescheret hast. Amen“, eine Mittagsroutine, die ihm alles abzuverlangen schien, und bevor er sich abends hinlegte, wünschte er Rosa eine gute Nacht.

Die regelmäßigen Blutkontrollen setzten ihm zu. Seit einiger Zeit war die Funktion der Bauchspeicheldrüse eingeschränkt, der Blutzuckerspiegel deutlich zu hoch. „Zucker“, hatte der Arzt gesagt. „Das macht schlapp. Aber Sie sind ja erst Mitte fünfzig. Ans Spritzen wollen wir jetzt noch nicht denken.“

Nach jedem Arztbesuch schien sich Gottlieb kränker und kraftloser zu fühlen. Er bewegte sich schwerfällig, jeder Schritt war eine Anstrengung. Immer öfter kam es vor, dass er sich einer unbestimmten Mattigkeit ergab und die älteste Tochter zum Totholzsammeln schickte. „Der Saft, Rosa“, sagte er. „Mir geht der Saft aus.“

Um mit den Zahlungen an die Bank nicht in Verzug zu geraten, hatte Rosa der mittleren der drei Töchter das Nähen beigebracht. So surrte die Maschine auch abends, wenn sie die Wäsche machte, und an den Sonntagen.

„Gottlieb, was wird das noch“, sagte Rosa manchmal, wenn ihr Mann am Herd stand und einen Dreier Rotwein aufkochte. „Es ist ein Kreuz“, sagte sie.

Gottlieb schüttete den Wein in eine Blechschüssel, legte sie in die zwei Fingerbreit mit kaltem Wasser gefüllte Spüle. Dann setzte er sich an den Tisch, legte den Kopf auf die Brust, als wäre er fertig mit allem.

Dass sein Vater kaum arbeitete, hatte Johannes zwar bemerkt, doch er dachte sich nichts dabei, zumal Gottlieb auch früher nie regelmäßig Geld verdient hatte. Die Einsilbigkeit und überhaupt die tranige Teilnahmslosigkeit seines Vaters schrieb er der Tatsache zu, dass er ihm nun wieder auf der Tasche saß.

Schon vor Johannes' Rückkehr hatte Gottlieb mit Robert gesprochen, ihn an sein jahrealtes Versprechen erinnert, dem Jungen dereinst die Ausbildung zum Bauern zu finanzieren. „Für den Jungen wäre eine landwirtschaftliche Schule das Beste. Mir würde es helfen und dir täte es nicht weh", sagte Gottlieb. Der Betrieb werfe doch einiges ab, und dank Johannes habe er immerhin jahrelang die Kosten für Mitarbeiter gespart. Er sei sicher, dass er sich auf das Wort des Bruders verlassen könne. „Andererseits", sagte er, ohne die Antwort des Bruders abzuwarten, „du weißt ja, was du an ihm hast. Ich meine, mach ihn doch zum Knecht, den Johannes. Er wird es dir danken. Das fremde Brot hat ihn stärker gemacht, er kann jetzt richtig anpacken, glaub mir." Gottlieb machte sich sehr klein, wiewohl er wusste, dass vom Bruder keinerlei Mitgefühl zu erwarten war. Robert ließ sich denn auch gar nicht auf ein Gespräch ein. Erstens könne er sich nicht an ein Ausbildungsversprechen erinnern, weil er zweitens ein solches nie gegeben habe, da er drittens nicht im

Traum auf so eine Idee käme. Und viertens, hatte Robert gesagt, müsse Gottlieb selbst sehen, was er mit seinem Sohn anfange, darum könne er sich weiß Gott nicht kümmern.

Was mit seinem Sohn anzufangen war, wusste Gottlieb nicht. Dass er aber Geld verdienen sollte, das stand außer Frage, zumal Rosa nicht selten vor Erschöpfung über der Nähmaschine einschlief.

Johannes war es zwar recht, dass er nur noch in Notfällen auf den Hof musste, etwa wenn der Knecht wegen Krankheit einen Tag ausfiel; das Herumsitzen zu Hause aber war nur schwer auszuhalten. Es gab ihm das Gefühl, für alle eine Last zu sein, so, wie er es vor dem Aufenthalt in der Fremde gewesen war. Arbeiten wollte er, eigenes Geld verdienen, auch wenn es wenig war und er einen Teil davon würde abgeben müssen. Dass er dazu fähig war, hatte er bewiesen. Alberto, der Schweißer, hatte schon am ersten Tag seine handwerkliche Fertigkeit, sein Fachwissen und seinen Ehrgeiz gelobt. Auf der Baustelle in den Bergen hatte Johannes zum ersten Mal ein Vertrauen in seine Fähigkeiten gespürt, in das, was er sich fern von zu Hause angeeignet hatte. Aufrecht war er zurückgekehrt, und hoffnungsfroh. Nicht Kühe melken, nicht Knöpfe annähen wollte er, nicht Totholz sammeln, sondern etwas mit dem Leben anfangen. – „Costruirsi il futuro“, hatte Alberto das genannt. „Una vita migliore, ce la farai.“ Johannes hatte sich die Sätze sogar aufgeschrieben. Der Gedanke, dass das wirklich zu schaffen war, auch für ihn, begleitete ihn durch die Tage und ließ ihn nachts nicht schlafen. Eine richtige Berufslehre wollte er machen. Eisen und Stahl. Irgendetwas. Deshalb wollte er sich ein Herz fassen und mit Gottlieb reden, ihn um Unterstützung bitten. Mehr als einmal trat er lautlos in die Küche, während sein Vater Wein abkochte, die Messer schliff oder ein Kaninchen zerlegte. Von hinten musterte er die Gestalt mit den hängenden Schultern, die übergroßen Zwillichhosen, in denen zwei Beinchen steckten. Johannes blieb im Türrahmen stehen, ohne ein Wort zu sagen. Lautlos, wie er eingetreten war, schlich er sich wieder davon.

Ihm blieb nichts anderes übrig, als die Angelegenheit selbst in die Hand zu nehmen. Wo er auf Geheiß des Vaters um Arbeit fragte, bei Handwerksbetrieben im Ort oder den umliegenden Gemeinden, erkundigte er sich immer auch nach einer Lehrstelle, unaufdringlich, aber bestimmt.

In der Schlosserei drei Dörfer weiter wies er nicht nur auf seine Erfahrung als Schweißer hin, sondern erzählte begeistert von den riesigen Öltanks und von der Faszination der perfekten Naht. Schlossermeister Stutz legte den Hammer zur Seite, hörte zu, fragte nach. Bald schlug er die die Augen auf, bald runzelte er die Stirn, als hätte er so noch keinen über sein Metier reden gehört.

Als Johannes die Schlosserei verließ, zog er unwillkürlich den Kopf ein, da er fürchtete, mit der Stirn gegen den Türsturz zu stoßen. – Schlosserlehrling Haller. Wie das klang. Irgendwie nach Zukunft. Nach Licht und Luft. Noch drei Monate Hosenknöpfe und Totholz.

Das war auszuhalten, ja, das war zu überstehen. Und bald schon würde der ehemalige Kuhhirt, Knecht und Hilfsmelker sich als ausgebildeter Schlosser den Lebensunterhalt verdienen. – Costruirsi il futuro, dachte Johannes. Ja, Alberto, una vita migliore.

Jeden letzten Freitag im Monat ging Johannes schneller als sonst nach Hause. Und je schneller er ging, desto lauter klimperten die Münzen in der Lohntüte, die er sich in die Hosentasche gesteckt hatte. Zu Hause zählte er Gottlieb den Familienanteil auf den Esstisch. Der Rest kam in die alte Zigarrenschachtel mit Messingverschluss, die er Robert als Fünftklässler abgeluchst hatte.

Jeden Abend griff er unter die Matratze, prüfte, ob die Schachtel noch da war. Nur für das Allernötigste öffnete er sie – Barchenthemden, Unterwäsche, ein klappriges Fahrrad. Ab und zu zählte er sein kleines Vermögen, war enttäuscht, wie langsam es wuchs und wie lange es noch dauerte, bis er würde in die Stadt fahren können, um sich die Zähne richten zu lassen.

So schief waren ihm die mittleren Schneidezähne aus dem Oberkiefer gewachsen, dass der eine beim Beißen vor, der andere hinter die Zähne des Unterkiefers zu liegen kam. Über die Jahre hatte sich Johannes mit den Einschränkungen arrangiert, welche die Fehlstellung mit sich brachte, und er hatte sich angewöhnt, nicht mit offenem Mund zu lachen. Schwer fiel ihm das nicht, denn Grund zu lachen hatte er höchstens in der Schlosserei, wenn Schlossermeister Stutz in der Vormittagspause von den Kapriolen des dreibeinigen Hundes erzählte, den er adoptiert hatte. Stutz war es denn auch gewesen, der Johannes auf die Zähne angesprochen hatte. Mit siebzehn, fast achtzehn sei man doch in einem Alter, wo man den jungen Frauen gefallen wolle. „Bald ist das erste Lehrjahr um, Junge“, sagte er. „Du willst dich doch beim Küssen nicht um die eigenen Zähne kümmern müssen. Ich rate dir, bring das in Ordnung, bevor dir eine Prinzessin über den Weg – und davonläuft.“

Kurz vor Ablauf des zweiten Lehrjahres fiel die Tür der Zahnarztpraxis hinter Johannes ins Schloss. Das Wetter hatte umgeschlagen, schwerer Schnee legte sich auf die Innenstadt. Johannes stand breitbeinig auf dem Gehsteig, beeilte sich, Jacke und Mütze anzuziehen. In seinem Mund brannte es, der Puls schlug bis zur Nasenwurzel. Sein Gesicht fühlte sich schwammig an, klumpig, die Haut um Lippen und Nase war taub. Johannes wusste nicht, wohin mit sich. Dabei hatte er sich unzählige Male vorgestellt, wie er mit den neuen Zähnen als Erstes zum Bäcker ginge, ein frisches Brötchen kaufte. Wie er reinbiss, kaute, mahlte, bis Kruste und Teig nur noch Brei wären. Nun stand er in der Kälte und fuhr sich mit der Zunge über das Wundgebiet, als hätte er nicht eben gesehen, dass tatsächlich zwei neue Zähne in seinem Oberkiefer steckten. „Voilà, junger Mann“, hatte der Zahnarzt gesagt und ihm dabei einen Spiegel vorgehalten, „Schneidezähne oben akkurat in Reih und Glied, wie es sich gehört. Ein paar Tage wirst du die beiden Neuen noch spüren. Aber das wird schon.“ Johannes griff in den Schnee, drückte sich eine Handvoll aufs Gesicht.

Als er spätabends das Fahrrad in den Unterstand stellte, überkam ihn eine ungekannte Erregung, die sich wie eine Welle in Brust und Arme ausbreitete. Er konnte sich nicht erinnern, sich je auf das Nachhausekommen gefreut zu haben. Jetzt konnte er es kaum erwarten, Gottlieb die Zähne zu zeigen. In bar bezahlt hatte er sie, jede Münze abgespart vom Mund. Costruirsi il futuro, dachte er, als er die Klinke drückte.

Das Bild, das sich ihm im Wohnzimmer bot, ließ ihn erstarren. Rosa saß zusammengesunken auf dem Sofa, die Hände im Schoß gefaltet, murmelte, stammelte Bruchstücke aus Bibelstellen. „Gott im Himmel“, rief sie, wenn sie nicht mehr weiterwusste. Sie reckte die Hände in die Höhe, als gälte es, etwas zu empfangen. „Jesus Christus“, sagte sie und sackte wieder zusammen. – Gottlieb ging am Fenster auf und ab mit einer Behändigkeit, die Johannes erschreckte. Der Oberkörper war vorgeneigt, die dünnen Beine wirbelten, die Arme ruderten. Vor dem Fenster verharrte er, drehte sich, schlug mit dem Kopf gegen das Rahmenkreuz und marschierte weiter.

„Was ist hier los?“, fragte Johannes.

Gottlieb fuhr zusammen. Rosa setzte sich aufrecht hin, richtete den Haarknoten.

„Geh ins Bett“, sagte Gottlieb, stützte sich mit steinerner Miene auf die Ohren des Polstersessels.

„Robert“, sagte Rosa. „Robert ist gestorben.“

„Robert? – Aber –“

„Heute Nachmittag“, sagte Rosa tonlos. „Von der Heubühne gefallen. Das Genick.“

„Wir haben hier noch einiges zu besprechen“, sagte Gottlieb.

Johannes fuhr sich mit der Zunge über die Zähne, ging rückwärts aus der Tür. Unter dem Nasensteg krabbelten Ameisen wild durcheinander, im Oberkiefer war ein taubes Pochen. Er spürte, wie das Gefühl in sein Gesicht zurückkehrte. In der Oberlippe, die er seit dem Nachmittag als lebloses, wulstiges Gebiet empfunden hatte, breitete sich eine wattige Dumpfheit aus.

Im Bett kam dann auch der stumpfe Schmerz. Johannes lag reglos da, fühlte sich auf sonderbare Weise lebendig. – Von der Heubühne gefallen, dachte er, und ihm war, als hörte er das Knacken der Wirbel, das Bersten von Knochen. – Wie bei den Kaninchen. Hackebeil – knack. Etwa so. Sollte er etwas fühlen? Wie ein Irrer im Wohnzimmer herumrennen? Den lieben Gott bemühen? Einmal hatte er es getan, damals, als die tuberkulöse Berta hatte geschlachtet werden müssen. Rumgerannt war er nicht, aber die halbe Nacht hatte er gebetet, und keiner hatte ihn gehört.

Aus dem Wohnzimmer tönten die Stimmen seiner Eltern. Sie schienen eine Sprache gefunden zu haben, sprachen lautstark, überboten einander mit Schimpfwörtern. *Sauhund*, verstand Johannes, *Dreckskerl*, *Verbrecher*. Er hörte genauer hin.

„Achtzigtausend, Rosa. Verstehst du? Achtzigtausend, versteckt im Schlafzimmerschrank. Und wir verhungern hier. – Das ist kein Mensch, nein, das ist kein Bruder. Dreck ist das."

„Das war er schon immer. Von Anfang an, Gottlieb. Habe ich es dir nicht gesagt? – Elender Menschenschinder! – Der Herrgott wird ihm den Weg weisen!"

Johannes schaute an die Decke, legte die Hände unter den Kopf, atmete tief ein und aus. Er suchte nach einem Gedanken, einem Wort. Er hätte gern etwas gefühlt, irgendetwas, ganz innen. Aber da waren nur die Ameisen, und ab und zu ein Schmerz, der wohltat.

„Wie leicht ist es, Gutes zu sagen, wie schwer aber, Gutes zu tun. – Unserem lieben Verstorbenen ist das gelungen, Tag für Tag, in tätiger Liebe, in Demut und im Angesicht unseres Herrn. Wahrlich, liebe Trauernde, ein Großer wurde zurückgerufen. Zu früh, denken wir, doch was wissen wir von der Zeit, was wissen wir von dem, der allein die Stunde kennt, der gibt und nimmt nach seinem gnädigen Plan."

Gottlieb stand wie Stein. Rosa hielt seine kalte Hand. Johannes blickte zwischen den beiden hindurch ins offene Grab, scharrte im knöcheltiefen Schnee. Der Pfarrer war noch nicht fertig mit Robert, die salbungsvollen Worte bildeten Schwaden vor seinem Mund, Schlieren, die sich gleich wieder verflüchtigten. Johannes hörte nichts. Er tat einen Schritt zurück, kniff die Lider zusammen, rieb sich die Augen. Das innere Bild verblasste nicht. Deutlich sah er die Fotografie, die über dem Ohrensessel an der Wand hin. Es war das Hochzeitsfoto seiner Eltern. Gottlieb und Rosa im Park eines Schlösschens, blühende Sträucher im Vordergrund, Sommerflieder, Hortensien, Ginster. Rosa trug einen Strauß Lilien im Arm, als wiegte sie ein Kind, Gottlieb strahlte aus dem zugeknöpften weißen Hemd, stand sicher in der langen, schwarzen Hose, gutes Tuch. Johannes hätte geschworen, die Fotografie nie so genau angeschaut zu haben, und dennoch stand ihm das Bild nun in allen Details vor Augen, legte sich über die Kulisse am offenen Grab. Angewidert zog er die Hände aus den Hosentaschen, würgte. Dass er zu Roberts Beerdigung die Hochzeitshose seines Vaters trug, war niemandem aufgefallen; für Johannes aber fühlte es sich ganz und gar falsch an. Rosa hatte alle Register gezogen: die Beinlänge gekürzt, den Bund enger gemacht, die Passform im Gesäßbereich geändert. Es passte nicht. Als der Pfarrer auf Roberts mildtätiges Wirken zu sprechen kam und Rosa sich zum Schein die Nase schnäuzte, konnte Johannes nur mit Mühe den Brechreiz unterdrücken.

Von den unzähligen Bildern, die Salim in seiner Heimat gemalt hatte, waren viele verkauft, andere eingelagert im Archiv. Was er nicht hatte hergeben wollen, war in seinem Handy gespeichert. Zwei Dutzend Fotos von Ikonen, Landschaften, Porträts, alles in Öl. Die Originale hatte der IS-Trupp beim Überfall auf sein Atelier ebenso zerstört wie alle anderen Bilder. Salim war ein Künstler ohne Werk. Und immer wieder waren Versuche gescheitert, ihm wenigstens tageweise die Möglichkeit für konzentriertes Arbeiten zu bieten.

Dann lernte er bei einer Ausstellung lokaler Künstler Paula kennen, eine Malerin und Bildhauerin. Sie teilte sich ein Atelier mit anderen jungen Kreativen. Fasziniert vom Fremden, begierig auf den künstlerischen Austausch, lud Paula ihn in die ehemalige Fabrikhalle ein, bot ihm an, bis auf Weiteres einen der freien Arbeitsplätze zu benutzen.

Tags darauf stand er früh am Bahnhof, fuhr mit dem Zug in die Stadt. Die zwei Kilometer vom Bahnhof bis zum Atelier ging er zu Fuß. Zum ersten Mal durfte sich der Geflüchtete vorkommen wie einer, der zur Arbeit ging.

Nachdem Salim sich mit der künstlerischen Umgebung vertraut gemacht hatte, arbeitete er wie ein Besessener, vergaß in der völligen Konzentration auf die Farben und die Leinwand alles um sich herum. Allein – das Neue, das entstand, war das Alte. Der Künstler ohne Werk kopierte anhand der digitalen Vorlagen ein Bild nach dem andern.

Ab und zu schaute ihm Paula über die Schultern, stellte eine inhaltliche oder technische Frage, erzählte von ihrer eigenen Arbeit. Als sie sich sicher war, sein Vertrauen gewonnen zu haben, wagte sie es, die Frage zu stellen, die sie am meisten beschäftigte.

„Und wieso malst du eigentlich nichts Heutiges? Ich meine, wir alle hier beschäftigen uns mit der Welt, in der wir leben. Das ist unsere Herausforderung“, sagte sie.

„Ja, Salim auch. Gestern heute.“

„Wie meinst du das?“

„Salim nicht Salim“, sagte er, lachte und tippte etwas in Google Translate.

Nach und nach wurde Paula klar, dass die Aufarbeitung seines bisherigen Künstlerlebens für ihn nötig war, um auch hier Künstler zu sein. Er brauchte die verlorenen Bilder, um in der Gegenwart eine Sprache zu finden. Denn eine Auseinandersetzung mit dem, was er heute war, schien ihm undenkbar ohne das, was ihn dahin gebracht hatte.

Paula verstand, begreifen aber konnte sie seine Begründung nicht. Sie kannte nicht wenige Künstler, deren Werk zerstört worden war; alle hatten sie genau da weitergemacht, wo sie unterbrochen worden waren, erst recht, hatten den Verlust mitgenommen auf den künstlerischen Weg, in ihre Arbeit integriert und schließlich zu einem reicheren Ausdruck gefunden.

Diese Art der Verarbeitung hatte sie ihm denn auch vorgeschlagen, mit allem Respekt vor dem Künstler und seiner zweifellos vorhandenen Begabung. Salim aber ließ sich nicht beirren. Stur malte er sich durch die Vergangenheit, Bild um Bild an die Gegenwart heran, die es noch nicht gab. Gesprächen mit den jungen Künstlern ging er nach Möglichkeit aus dem Weg, den künstlerischen Austausch brauchte er nicht.

„Hand Fabrik, Kopf Syria“, sagte er manchmal, oder: „Hier nix, Auge tot“, und es klang wie ein misslungener Scherz.

Zum Tag der offenen Fabriktür präsentierten Paula und die anderen Künstler Kostproben ihres aktuellen Schaffens, gaben Einblicke in ihre je eigenen Auseinandersetzungen mit der Welt, die sie tagtäglich herausforderte.

Salim hatte Mona zum Rundgang mit Künstleraperitif eingeladen, führte sie vorbei an Entwürfen für Stoffdesign, der Bilderserie aus einer Graphic Novel, dem Foto-Essay mit Schlachtereimotiven, der großflächigen Landschaft aus zertretenen PET-Flaschen und Joghurtbechern. Wortlos schlurfte er an den Werken der Jungen vorbei, zeigte keinerlei Interesse daran, versuchte schon gar nicht, Mona dafür zu begeistern. Ab und zu wandte er sich nach ihr um, um sich zu versichern, dass sie ihm folgte.

Vor seinen eigenen Werken blieb er stehen. Wortlos starrte er auf die paar Bilder seines alten Lebens, die er Strich für Strich gewissermaßen vergegenwärtigt hatte. Ein paradiesisch inszenierter Birkenhain im hohen Licht hing an der Wand; ein schmaler Weg in einer bunten Abendlandschaft, der sich zum Horizont hin mäandernd in gleißend hellem Licht verlor; eine Ikone in leuchtenden Weiß- und Türkistönen; ein Stillleben mit blauen Trauben, einer Zitrone, einer Dose Bier und Salznüssen in einer Plastikschale.

Salim blickte zu Boden.

„Salim nicht Salim, Frau Mona", sagte er.

Mona starrte auf die Bilder, sagte etwas von Hyperrealismus, spannenden Perspektiven und genialem Handwerk. Aber das war nicht, was sie hatte sagen wollen. Denn da stand einer vollkommen orientierungslos vor seinen Werken, ein Verirrter. – Was für ein himmeltrauriges Missverständnis, dachte Mona. Die Bilder, die Salim präsentierte, waren handwerklich zweifellos brillant, jedenfalls soweit sie das beurteilen konnte, doch inhaltlich fehlte ihnen die Aussage, die Dringlichkeit. Sie war überzeugt, er wusste es. Wie sehr musste das schmerzen, wenn man um sein Leben malte und nicht hinterherkam. Denn wer die Vergangenheit einholen wollte, war immer zu spät. Und immer falsch am falschen Ort. Nie war man zu Hause, nie kannte man sich aus. Am allerwenigsten in sich selbst.

„Ein Bier?“, fragte Mona, bereits unterwegs zu einem der Partytische, auf denen Getränke und Snacks bereitstanden. Sie nahm die beiden letzten Flaschen, setzte sich wieder zu Salim.

„Nein“, sagte er, „ich bedanke dir, Frau Mona“.

„Mir hilft es manchmal“, sagte Mona und nahm einen Schluck.

Zwei Besucher, die vor Salims Bildern standen, unterhielten sich über die allzu platte Symbolik des Wegs, der sich in himmlischem Licht verlor. Mona schnappte Wörter wie *Erlösung* auf, *Aussicht*, *Heimat*. Und ihr fiel der Vater ein. Ein Heimatloser auch er, dachte sie, aber anders. Zwei Stück Vieh aus verschiedenen Herden. Das eine wie das andere geschoben, gestoßen, getrieben. An die Grenzen und darüber hinaus. Vor allem: an der Freiheit vorbei. Hätten sie etwas sein dürfen, dachte Mona, wären sie sich selbst so etwas wie Heimat gewesen. Es war anders gekommen. Der eine hatte seine Vergangenheit sozusagen digital gebannt, siebenundvierzig Minuten, der andere war dabei, sie Bild für Bild auf Leinwand zu malen. Heimat war das nicht. – Und was, Salim, wenn dir die Vergangenheit ausgeht? Was wäre das für eine Gegenwart – und was hätte sie für eine Farbe?

„Fertig, Frau Mona“, sagte Salim.

„Ja, ich geh dann auch. Muss morgen früh raus.“

„Nein, nicht morgen. Fertig alles“, sagte er und wies mit dem Kopf zu seinem Arbeitsplatz. Mona hatte nicht bemerkt, dass die Ecke im hintersten Teil der Halle, wo er sich eingerichtet hatte, säuberlich aufgeräumt war.

Eine Papiertüte mit den Farben und Pinseln stand da, die Staffelei war zusammengebunden, die nicht aufgehängten Bilder und den Stapel mit Skizzen hatte Salim in starkes Papier eingeschlagen. Er könne sich die Zugreisen zum Atelier nicht mehr leisten, sagte er, jede Fahrt zwei Sätze Tagegeld. Den Schlüssel habe er Paula bereits zurückgegeben.

Mona nickte, nahm einen Schluck aus der Flasche und erhob sich.

„Wir holen das Material morgen. Du kannst es bei mir einstellen", sagte sie. „Gehen wir?"

Ich bedanke Ihnen, Frau Mona, hatte Salim geschrieben. Unterhalb der Nachricht zeigte das Handydisplay zwei Fotos von computergeschriebenen Briefen.

Mona kreiste mit dem Zeigefinger über den Fotos. Sie zögerte.

Wochen zuvor hatte sie auf mehreren Seiten die Ablehnung des Asylantrags angefochten, in der Hoffnung, der Wiedererwägung werde stattgegeben. Tatsächlich schien das Migrationsamt von der Argumentation, die sie in Salims Namen geführt hatte, überzeugt gewesen zu sein und hatte ihm den kostenlosen Beizug eines Anwalts zugestanden. Salim hatte sich gut vertreten gefühlt, durch sie ebenso wie durch den Anwalt, der ihm insgesamt Mut gemacht und aufgrund der neuen Faktenlage eine Revision des Urteils für nicht unwahrscheinlich gehalten hatte.

Mona tippte auf das Display. Der fotografierte Brief wurde größer, zu entziffern waren die kleinen Buchstaben aber nicht. Während sie sich die beiden Fotos an ihre Mailadresse schickte und wartete, bis sie abrufbereit und in angenehmer Größe zu lesen waren, beschleunigte sich ihr Puls. Dreißig Zentimeter vom Handy zum PC, es schien ihr eine Ewigkeit zu dauern. Als sie endlich das erste Foto auf dem Bildschirm öffnen konnte, gefror ihr das Gesicht. Der einzige fettgedruckte Satz zerstörte Salims Gegenwart und Zukunft. Der Nachweis einer erheblichen Gefährdung an Leib und Leben des Gesuchstellers könne insgesamt nicht erbracht werden, hieß es. Als Begründung wurde angeführt, es bestünden erhebliche Zweifel an der Echtheit der vorgelegten Beweise, namentlich der Fotos von den Einschusslöchern im Atelier und den Gesichtsverletzungen; für die mutmaßliche Verschleppung durch den IS und die Schmiergeldzahlungen an der syrisch-libanesischen Grenze fehlten sie gar vollständig.

Mechanisch öffnete Mona das zweite Foto. Auch das ein amtliches Dokument. Die Migrationsbehörde informierte, dass am erstinstanzlichen Entscheid festgehalten werden müsse und dem Gesuchsteller weiterhin ein vorläufiges Bleiberecht mit Status F für Ausländer zuerkannt werde. Dass gegen diesen Bescheid keine Rechtsmittel erhoben werden konnten, wusste Mona selbst.

Sie kannte das Vokabular dieser amtlichen Bescheide. Schon immer hatte sie sich an der blutarmen juristischen Sprache gestört, deren formalistische Floskelhaftigkeit ihr geradezu menschenverachtend vorkam. – *Rückführung*, dachte Mona. Allein das Wort war blanker Zynismus. Wer wollte das nicht, an der Hand genommen werden von einer treusorgenden Begleitung, die wusste, wo man hingehörte, wo es einem gut gehen würde. War das nicht ein Glück? Das Glück, aus der Irre geführt zu werden, zurück in die Heimat, die man zu Unrecht geringgeschätzt, leichtfertig verlassen hatte. – Rückführung. – Selber schuld, alter Syrer. Nur ein Idiot lässt sich verschleppen, ohne sich dabei filmen zu lassen. Nicht einmal ein verwackeltes Selfie hast du gemacht mit den Jungs vom IS. Wie naiv ist das denn? Und Schmiergeldzahlungen ohne Quittung? Sag mal, wo lebst du eigentlich? So einem sollen wir glauben? So einen sollen wir bei uns haben wollen? Nicht mit uns, Freundchen. Du hättest es dir sparen können, den Schädel gegen die Wand zu schlagen und die Einschusslöcher bei den Nachbarn zu fotografieren. Wir sind doch nicht blöd! Selbst ein Blinder erkennt auf Anhieb, dass die durchlöcherte Tür auf dem Foto nicht deine Ateliertür ist. Denn wäre sie es, dann wäre sie angeschrieben, mit deinem Namen, wie es sich gehört. – Superhirn! Verarschen können wir uns selbst, und auf solche wie dich wartet hier keiner. Denk dran, wenn du wieder mal ein bisschen flüchtest.

Mona verzog das Gesicht zu einer Grimasse, wischte einen Stapel Papier wuchtig vom Tisch.

„Was für eine verdammte Zukunft“, sagte sie, griff wieder nach dem Handy, atmete tief aus. Dann tippte sie auf *Antworten*.

Drei Sätze vom Krieg. Ich habe nochmals nachgehört. Zu deiner Kindheit gehören drei Sätze vom Krieg. – Wie man bei Einbruch der Dunkelheit die schwarzen Rollläden runterlassen musste. Dass Gottlieb auf der Gemeinde die Marken für rationierte Lebensmittel abholte. Wie Gottlieb Haller, Hilfssoldat Luftabwehr, wochenweise einberufen wurde und du währenddessen mit dem Totholz allein zurechtkommen musstest.

Das also ist dir geblieben vom Krieg: Angst, Hunger und Einsamkeit. Keine Luftangriffe, keine Grabenkämpfe, keine Verluste, sondern Krieg als Alltag. Das setzt sich in einem Kind fest, sinkt ab. Drei Sätze als Bodensatz eines Lebens.

Nein, ich habe keine Ahnung vom Krieg. Wahrscheinlich geht es vielen so: Man hat Filme gesehen, Bücher gelesen, und man bildet sich ein, das Schreckliche halbwegs erfassen zu können, die Dimension des Grauens erahnen zu können. Kann man natürlich nicht. – Dieser syrische Flüchtling zum Beispiel, Salim, ein ehemaliger Klient. Er erzählt vom Krieg, ich höre zu und nicke. Ich sehe ihn an und es tut weh. Aber ich kapiere nichts. Dabei verschweigt er fast alles, weil es für den spitzen, lauten Schmerz keine Sprache gibt. Aber, und darin unterscheidet sich seine Erfahrung von deiner: Seine Verwundung ist offensichtlich, und sie will gar nicht verstanden werden. Sie schreit einfach nach Heilung.

Wie gesagt, das sind Vermutungen von einer, die verschont geblieben ist. Und ich weiß, ich müsste mindestens im Konjunktiv sprechen. Oder gar nichts sagen. Aber das geht nicht. Beim Reden wird es klar im Kopf. Ich drücke die Aufnahmetaste und spüre eine Spannung im Körper, eine Energie, die das Gedankengestöber bündelt und ihm eine Richtung gibt. Am Computer komme ich nie über den ersten Satz hinaus, weil ich ihn zehnmal lese und dann wieder lösche. Die ersten Sätze sehen immer falsch aus. Es gibt Tausende, die weniger falsch aussähen als der eine, aber ich bringe sie nicht auf den Bildschirm. Also brauche ich diese rote Taste. Mit jedem ausgesprochenen Gedanken klart etwas auf. Reden ist wie Wettermachen. Jeder Satz ein Wolkenfresser. Also rede ich, bis es licht wird.

Und der Johannes? All die Johannese? Wenn sich die Angst, der Hunger, die Einsamkeit einlagern, nach und nach versickern, wird das Reden darüber unmöglich. Die Bilder verblassen, schmutzig braunes Grau. Von außen sind sie heil geblieben, die Jungs. Keine Kriegsschäden, nichts passiert. Aber den Johannesen bleiben drei tödliche Sätze fürs Leben.

Ich war mir nicht bewusst, dass auch ein Krieg, der nicht stattgefunden hat, einer ist. Mittlerweile sehe ich ein, dass ich zu viel erwartet habe. Ich wollte einen Vater mit ohne Krieg. Einen, der drei Sätze locker wegsteckt, die Welt erobert, die Familie immer dabei. Der sich für sich selbst und für seine Lieben nimmt, was er will. Viele Väter von damals haben das geschafft. Du solltest mir auch so einer sein. Aber du hattest einen Gottlieb. Der Brocken ist dir eingewachsen. Du hast ihn, wie soll ich sagen, integriert. Ganz selbstverständlich hast du ihn allmählich eingekapselt und dir so ein Leben ermöglicht. Erst im Alter hat sich das Geschwür wieder gerührt und in dir breitgemacht. – Zum Beispiel so: Wir spazieren an einem prächtigen Herbsttag über eine Bergwiese, auf der Kühe weiden, Fleckvieh, Weiß auf Hellrot, wie auf den Postkarten. Und du sagst: Die haben ja nicht mal was zu trinken. Oder so: Du stehst im Gemüsegarten, beobachtest die heraufziehenden Gewitterwolken und sagst: Morgen ist hier alles kleingehackt. Oder ich zeige dir stolz meinen neuen Gebrauchtwagen und du klopfst gegen den Kotflügel: Damit fährst du nicht lange. – Es ist verdammt noch mal wie mit deinem linken Bein: Nach der Lähmung hat es jahrzehntelang seinen Dienst getan, anstandslos. Feuerwehr, Faustball, Allalinhorn. Seit ein paar Jahren aber schleppst du es wieder hinter dir her wie etwas, das zu schwer an dir hängt. Schwachstelle, Wundstelle, je nach Perspektive.

Dein Gottlieb.

Losgeworden bist du ihn nie. Und seit ich mir deine Aufnahme angehört habe, ist mir klar, dass das gar nie möglich gewesen wäre. Du warst gerade mal zwanzig, da hattest du bereits keine Chance mehr. Minute fünfunddreißig oder so. Nach der missglückten OP bist du schon fast hinüber, da rettet Gottlieb dir das Leben. Gleich mehrere Beutel hast du gekriegt. Und es hat gewirkt. – Als ich das gehört habe, dachte ich, das Leben ist manchmal wirklich ein schlechter Witz. Aber wie du das erzählst. So, wie man sich die Zähne putzt, Treppen steigt, den Hintern wischt.

Arbeit, Mama, Häuschen, Mona, Martin, kein Martin.

Einen Gottlieb intus und trotz allem auf der sicheren Seite.

Dass du das geschafft hast.

Habe ich schon von Martin gesprochen? Dass dich der Totgeborene ausgebremst hat und mich gleich mit? Auf die Gefahr hin, dass ich mich wiederhole, sage ich: Das war der Anfang vom Ende, auch wenn du dich wieder berappelt hattest. Jahrelang, jahrzehntelang hast du dich ganz ordentlich gehalten, dem halbleeren Glas Sorge getragen. Im Rückblick war das ganz gut auszuhalten mit dir. – Und dann gab dir Gottlieb den Rest. Aus der Resignation wurde etwas Zerstörerisches, das sich gegen alle und letztlich dich selbst richtete. Ich kann ziemlich genau sagen, wann das losging. Es fällt einfach auf, dass dein Gottlieb in dem Moment auf- und ausgebrochen ist, als die Tierchen da waren. Mit der Diagnose hat er die Kapsel gesprengt und angefangen, dich aufzufressen. Lange hast du dich tapfer geschlagen, gegengehalten, bis du nicht mehr konntest. Weil die Kraft einfach irgendwann zu Ende ist.

Wenn du heute sagst, das ist nicht für unsereins, dann meinst du in Wahrheit: Noch nie war etwas wirklich für uns.

Das war und ist schwer auszuhalten, ehrlich gesagt. Es ist das, was mir am meisten zusetzt, wenn wir uns sehen.

Aber was red ich: Für dich ist es doppelt beschissen.

Doppelkrebs.

Was heißt das jetzt?

Dass du mir trotz allem ein Vater bist.

Das ist viel.

Gottlieb taumelte, suchte Halt am Küchentisch. Rosa eilte herbei, stützte ihn, und er sank auf den Stuhl.

„Da“, sagte sie, stellte das halbleere Glas aufgekochten Rotweins neben den Suppenteller. „Oder soll ich den Arzt rufen?“

„Dummes Zeug“, murrte Gottlieb, „man wird sich ja wohl noch freuen dürfen.“

Johannes schien der Situation nicht zu trauen, legte das Zertifikat, das ihn als frischgebackenen Schlosser auswies, auf die Anrichte. Sein Vater hatte die Ellbogen aufgestützt, den Kopf in die Hände gelegt. Dann stand er auf, nahm Rosas Hand und stellte sich vor Johannes.

„Bist ein Guter, Schlosser Johannes. Schlaf gut.“

Gottlieb nahm das Glas, schlurfte zum Ohrensessel. Rosa zog sich wieder in den oberen Stock zurück. Im nach Nordosten ausgerichteten Zimmer stand auf einem Tisch die Nähmaschine, daneben eine Tischlampe und das Verlängerungskabel, das sie jeweils im Treppenhaus einsteckte. Anfangs hatte sie im Schlafzimmer gearbeitet, doch als die Schichten immer länger wurden und nicht selten bis in die Nacht dauerten, sah sie sich gezwungen, den Arbeitsplatz nach oben zu verlegen und sich in einem der beiden nicht ausgebauten Zimmer notdürftig einzurichten. Vor dem Fenster standen drei Kaktusse auf den nackten Dielen, auf einem Stuhl lagen Wolldecken, die ihr in den kalten Monaten unverzichtbar waren. Nähte sie für *Weber Textilien*, war in den Wohnräumen das monotone elektrische Schnurren zu hören. Johannes hatte sich längst daran gewöhnt, zumal sich Rosas Arbeitszimmer, das sie nicht ohne Stolz *Atelier* nannte, direkt neben seinem Zimmer befand.

Während er auf der Grande-Dixence-Baustelle gearbeitet hatte, war seine älteste Schwester ausgezogen, hatte in Annecy ein Haushaltlehrjahr absolviert und war geblieben, als eine von zwei Haushälterinnen in einer Unternehmerfamilie. Die beiden anderen Schwestern lebten zwar noch zuhause, hatten aber ebenfalls Arbeitsstellen gefunden. Seit ihrer Anlehre als Schneiderin bei *Weber Textilien* brachte die Mittlere regelmäßig ein paar Franken nach Hause, und Liese, ein Jahr älter als Johannes, kam spätabends aus Zürich, wo sie für eine Transportfirma Rechnungen tippte.

Wenn Johannes im Bett lag und Rosa nebenan noch arbeitete, dachte er manchmal an die erste Nacht, die er allein im Zimmer verbracht hatte. Das Surren der Maschine öffnete in ihm Erinnerungsräume, die tagsüber verschlossen waren. Erst kurz vor dem Einschlafen ging er durch einen hell ausgeleuchteten Dämmer.

Jeder Raum, den er betrat, war über dem Türsturz beschriftet: *Berta und das Kalb. Die erste Schweißnaht. Albertos Händedruck. Die neuen Zähne.* In Abständen kamen neue Räume dazu, die Wohnung wurde größer. Es war ein behagliches Wandeln in diesen Räumen, die sich ohne Johannes' Zutun auftaten und wieder schlossen. Winters waren sie geheizt, sommers angenehm kühl, sie gaben ihm Sicherheit, Vertrauen, und sie machten ihm Mut für die Dunkelheit, die ihm oft genug schreckliche Bilder anwarf.

In jener ersten Nacht ohne Geschwister war er lange wachgelegen. Es war ein durchsichtiger Herbsttag gewesen, Schlossermeister Stutz hatte zum ersten Mal die Abschlussprüfung erwähnt und Johannes aufgefordert, für die verbleibenden paar Monate alle Kraft zusammenzunehmen. „Bündeln" hatte er gesagt und ihm beide Hände entgegengestreckt, als umfasste er einen mächtigen Blumenstrauß. Als Johannes nach Hause kam, war das Zimmer, das er jahrelang mit der jüngsten Schwester geteilt hatte, fast leer. Der Chef der Zürcher Firma, für die Liese seit geraumer Zeit arbeitete, hatte sich persönlich um den Umzug gekümmert, Bett, Kommode und Nachttisch in den Lieferwagen geladen. Dann waren sie nach Zürich gefahren, wo Liese in einer firmeneigenen Wohnung ein Zimmer beziehen konnte. In der Nacht genoss Johannes jeden einzelnen Atemzug. Er streckte alle viere von sich, maß das Bett in der Länge und in der Breite ganz aus. Er wurde groß und weit und er fühlte eine unbestimmte Wärme für die Schwester, der er zu verdanken hatte, dass er nun ein ganzes Zimmer für sich beanspruchen durfte. Eine eigentliche Beziehung hatte er zu ihr nie aufgebaut, ebenso wenig wie zu den beiden anderen Schwestern. Zu selten hatten sie sich gesehen, zu unterschiedlich waren ihre Aufgaben in der Familie gewesen, zu sehr waren sie alle mit sich selbst beschäftigt gewesen. Allzu oft waren ihm nicht einmal ihre Namen eingefallen, wenn ihn etwa ein neuer Knecht an Roberts Hof, ein Handwerker oder der Tierarzt auf sie angesprochen hatte. – Weit nach Mitternacht stand Johannes auf, schleifte das Bett in die Mitte des Zimmers, und legte sich zufrieden wieder hin. So war er schließlich eingeschlafen.

Rosas Maschine surrte. Johannes hatte sich auf die hell- und dunkelgrün geblümte Decke geworfen und sich nicht mehr bewegt. Er spürte, wie sich in seinem Körper etwas ausbreitete. Es war nicht die Behaglichkeit der Erinnerungsräume, auf die er sich gefreut hatte, sondern etwas anderes, das pulsierte, schwallartig in die Glieder schoss und sich im Kopf festsetzte. Johannes schrieb das wattige Gefühl in den Gliedern und den dumpfen Druck im Kopf dem Umstand zu, dass sich mit dem erfolgreichen Lehrabschluss eine innere Anspannung gelöst hatte. Im Lauf der Nacht aber stieg das Fieber, Johannes quälte kalter Schweiß. Rosas Maschine stotterte, stockte, stand still.

„Fertig gefaulenzt, Herr Schlosser“, rief Gottlieb durch die geschlossene Schlafzimmertür. „Der Tag ist wie gemacht für dich. Also steh auf, bevor er vorbei ist, such dir eine Stelle. Und eine Frau.“

Johannes war schon seit den Morgenstunden wach, nur war es ihm unmöglich gewesen, sich anzuziehen und aufzustehen. Noch immer hockte eine unerträgliche Hitze in seinem Kopf, und die Glieder waren nicht zu bewegen.

„Ich bin krank", sagte Johannes. „Lasst mich schlafen."

„Dann beißt du eben auf die Zähne. Los jetzt – raus aus den Federn!"

„Gottlieb, so lass ihn doch", sagte Rosa, die eben Tee angebrüht hatte. Sie nahm eine große Tasse aus dem Küchenschrank, füllte sie fast bis zum Rand und gab einen Löffel Honig dazu. Kopfschüttelnd ging sie an Gottlieb vorbei, der vor der Zimmertür stand, klopfte und drückte die Klinke.

„Da!", sagte sie und streckte Johannes die Tasse entgegen. „Melisse. Das hilft. – Und morgen ist auch noch ein Tag."

Johannes reagierte nicht.

Rosa stellte die Tasse auf den Boden, ging rückwärts wieder aus dem Zimmer. Während sie die Tür zuzog, schaute sie Gottlieb streng an. „Dass du ihn mir in Ruhe lässt", sagte sie. „Er hat eine Pause verdient."

Erst im Krankenhaus erfuhr Johannes, dass sich in jener Nacht ein neuerlicher Tuberkuloseschub bemerkbar gemacht hatte, fünf Jahre nach der Erstinfektion. Diesmal wurde der Herd in einer Lymphdrüse am Hals geortet. Um zu verhindern, dass sich die Tuberkel im

Körper weiter verbreiteten, entschlossen sich die Ärzte zur sofortigen Operation.

Er dauerte, bis Johannes ganz aus der Narkose erwachte. Immer wieder warf er den Kopf von der einen auf die andere Seite, fuhr mit der Zunge über die trockenen Lippen. Nach und nach begriff er, dass er noch und wieder da war, und zugleich spürte er, dass etwas anders war als vorher. Er glaubte, schief im Bett zu liegen, ihm war, als hätte er Schlagseite. Die ganze linke Körperhälfte fühlte sich an, als sei sie ein- und abgesunken. Er versuchte, sich aus der Schieflage zu befreien, sich zurechtzurücken im Laken, den Arm zu heben, das Bein, doch nichts geschah. Immer wieder versuchte er es, schlug schließlich mit dem rechten Arm auf die Decke, dass ihm ein stechender Schmerz in den Hals fuhr und ihn zur Besinnung brachte. Augenblicke lag er ganz ruhig da. Dann schrie er, und kein Ton war zu hören.

Erst am dritten Tag bekam Johannes Besuch vom operierenden Arzt. In Bruchstücken erfuhr er, was geschehen war. Halbseitige Lähmungen seien nach solchen Eingriffen höchst selten, sagte der Arzt. In seinem Fall sei die Hemiparese zweifelsfrei darauf zurückzuführen, dass er während des Eingriffs Komplikationen gemacht habe. Die hätten einerseits zu massivem Blutverlust und andererseits, als direkte Konsequenz, zu einer lokal begrenzten Schädigung des Gehirns geführt. Johannes verstand, dass er aus eigenem Verschulden zum Krüppel geworden war.

Was er allerdings falsch gemacht haben sollte, wo er doch während der Operation geschlafen hatte, war für ihn ein Rätsel. Auf die entsprechende Frage zog der Arzt ein weiches Lächeln übers Gesicht. Das sei alles sehr kompliziert, Johannes solle sich in seinem Zustand nicht mit solchen Dingen belasten. Er müsse jetzt nach vorne schauen, sich voll und ganz auf die Genesung konzentrieren, dann sei das vielleicht wieder hinzukriegen. Er sei noch jung, auszuschließen sei es nicht, dass sich das Gehirn wieder erhole, nicht von heute auf morgen, aber in ein paar Monaten. Dass die Stimmbänder schon wieder funktionierten, sei jedenfalls ein gutes Zeichen. Und er habe ja eine Familie, die ihn trage; das sei die beste Medizin, sagte der Arzt. Ein Leben zu retten oder, je nach Blickwinkel, gerettet zu werden, das schweiße jede Familie zusammen. Er sei sicher, gemeinsam schafften sie das.

Am Wochenende besuchten Rosa und Gottlieb ihren Sohn im Krankenhaus. Gottlieb stellte sich an das Fußende des Bettes, Rosa setzte sich zu Johannes, flößte ihm Tee ein.

„Gott im Himmel“, sagte sie. „Ist es denn nie genug?“

Gottlieb wandte sich ab, ging zum Fenster und übersah aus dem dritten Stock die Parkanlage. Dutzende Krähen saßen in den Wipfeln der Tannen und Buchen, auf dem Spielplatz tollten Kinder herum, zwei Krankenschwester in knielangen, weißen Schürzen schoben Rollstühle wie schwer beladene Karren vor sich her.

Aus den umständlichen Erzählungen seiner Mutter erfuhr Johannes, was er schon wusste. Während sie sprach, fühlte er eine große Müdigkeit und versuchte vergeblich, das linke Augenlid zu schließen.

„Und dann, noch während der Operation“, sagte Rosa, „haben sie angerufen. Es sei ernst, ein unvorhergesehener Zwischenfall. Du brauchest dringend Blut. Sie würden uns raten, für dich zu spenden.“

Johannes wandte den Kopf. Er war wieder hellwach.

„Ein Krankenhaus, das kein Blut hat?“, sagte er.

„Blut haben sie schon. Aber wir kein Geld. Herrje, du hast ja keine Ahnung. Was das kostet, so eine Gesundheit. Deshalb sind wir alle zusammen hergekommen. Am Tag nach der Operation noch einmal, du warst immer noch in Narkose, auf der Intensivabteilung. Gottlieb haben sie mehr als einen Liter abgezapft. Mir und den beiden Mädchen etwas weniger.“

Johannes wandte den Kopf zum fahrbaren Gestänge, das neben seinem Bett stand. Hoch über seinem Kopf hingen die Plastikbeutel mit verschiedenen Flüssigkeiten. Von da oben ging tropfenweise die ganze Familie in ihn hinein.

„Und das da –“, sagte er ohne sichtbare Regung, „das ist –“

„A positiv. Wie du. – Der Arzt sagt, das ist ein Glück.“

„Ein Glück“, sagte Johannes, wischte sich mit einem Tuch den Speichel aus dem Mundwinkel. „Ein zwanzig Zentimeter langer Schlitz am Hals, zur Hälfte tot. Aber Glück gehabt.“

„Versündige dich nicht! – Anfangs konntest du ja nicht einmal reden, hat die Krankenschwester gesagt.“

„Danke, das weiß ich selbst.“

„Also, es geht doch schon wieder besser. Und Therapien gibt es auch. – Bub.“

„Rosa“, sagte Gottlieb, drehte er sich um, tippte mit dem Finger auf das Handgelenk. „Der Zug. Die Kaninchen.“

Er trat zu Johannes ans Bett, legte ihm die Hand auf die Schulter und nickte. Dann schob er Rosa aus dem Krankenzimmer.

Johannes drückte den Kopf ins Kissen, verzog im stechenden Schmerz das Gesicht.

„Wasser“, sagte er zur Krankenschwester, die eben ins Zimmer kam. „Bitte. Und machen Sie das Fenster auf.“

Jeden Morgen, wenn Johannes aufwachte, ärgerte er sich. Wäre er in ein Zimmer etwas weiter östlich gelegt worden, er hätte vom Bett aus die Gipfel von Eiger, Mönch und Jungfrau sehen können. So aber war die tägliche Therapie die einzige lohnende Aussicht.

Stine, die Physiotherapeutin, die eigentlich Christine hieß, versuchte die lahme Körperhälfte mit Massagen und Elektroschocks wieder zu aktivieren. Zwar waren die Stromstöße alles andere als angenehm, doch die Therapie schlug besser an als erwartet. Schon nach einer Woche begrüßte Johannes sie mit einem breiten Lächeln, und wenn er ihren Namen sagte, dehnte er den i-Laut, als wollte er ihn noch heller machen. Immer zog er dabei die Oberlippe hoch, damit seine Zähne so richtig zur Geltung kamen.

Stine war wenig älter als er selbst und ausgesprochen fein gebaut. Johannes war jedes Mal überrascht, mit wie viel Kraft sie seine erwachenden Gliedmaßen knetete, bevor sie dann mit der eigentlichen Therapie begann. Am meisten beeindruckte ihn aber ihr warmer, leichter Blick, der, wie ihm schien, aufs Schönste zum hellen Klang ihres Namens passte.

Nach einem Monat täglicher Therapie konnte Johannes wieder selbstständig essen und sich anziehen; die Arme verrichteten ihren Dienst beinahe wieder so, wie sie es vor der Operation getan hatten. Wenig später konnte er gar wieder gehen, wiewohl das linke Bein noch geschwächt war, sodass er es hinter sich herzog wie etwas, das sich jeder Fortbewegung widersetzte.

Als Johannes mit seiner Gehhilfe einigermaßen zurechtkam, verlangte er nach Spaziergängen im großzügig angelegten Klinikpark. Stine begleitete ihn, überwachte jeden seiner Schritte und korrigierte seine Gehtechnik. War Johannes mit seinen Kräften am Ende, setzte er sich auf eine Bank und genoss den Blick in die Berner Alpen, welche die Höhenklinik auf drei Seiten umstanden. Eine Kette von Dreitausendern. Schnee und ewiges Eis. Unten im Tal der See, ein blaues Tuch.

Auf der Bank, die den unverstelltesten Ausblick bot, blieb er am längsten sitzen. Er atmete tief und langsam, Zug für Zug. Manchmal, wenn Stine sich zu ihm setzte, wünschte er sich, dass sie etwas sagte. Und einmal sagte sie: „Genau so."

Mona warf einen Blick auf den festlich gedeckten Tisch, schenkte sich Prosecco ein und schaute erst auf die Uhr, dann auf das Handy. Obwohl Salim auf sich warten ließ, war sie entspannt, richtete das Besteck neu aus, schob die Teller näher zum Tischrand, dann wieder zurück.

So sehr sie sich manchmal geärgert hatte über seine kaum zu entziffernden Nachrichten, in den vergangenen Wochen hatte sie mehr als einmal gewünscht, er würde sich melden, selbst wenn er sie nur hätte wissen lassen, dass er keine Lust mehr hatte auf ein festliches Essen oder dass er einfach einen weiteren Abend zu zweit mit Kalila verbringen wollte, bevor sie wieder zurückfliegen würde. Dann wieder hatte sie sich gesagt, dass gerade das Auf- und Abtauchen zu den Lebensbewegungen gehörte, die ihn ausmachten, und also keinerlei Anlass zur Sorge bestand.

Sie rieb die Gläser sauber, hob jedes einzelne zur Begutachtung in die Luft. – Besteck und Teller justieren, Gläser ausreiben, dachte sie. Es brauchte schon einen syrischen Künstler, der nicht zum Essen erschien, um wieder einmal etwas völlig Schwachsinniges zu tun. Außer der verkalkten Kaffeemaschine fiel ihr allerdings nichts ein, womit sie weiter die Zeit würde totschlagen können. – Also, wir sind jetzt bei siebzig Minuten. Das ist okay, zumal für arabische Verhältnisse. Aber jetzt darfst du klingeln und uns deine Prinzessin aus tausendundeiner Nacht vorstellen.

Mona nahm das letzte Glas, rieb am Rand nach, hob es ins Gegenlicht der Tischlampe und schaute hindurch. Sie blinzelte, dann presste sie die Lippen zusammen. – Salim stammelte strahlend von seinen Heiratsplänen mit Kalila. Mona sah ihn ganz deutlich, er saß ihr gegenüber im Bistro, wedelte triumphierend mit dem Brief vom Migrationsamt, als bedeute er die amtliche Beglaubigung der großen Liebe. – Dann flog eine Mücke ins Licht und Salim war weg. Mona stand auf, nippte am Prosecco, ging um den Tisch herum. – Diese Szene, einfach unglaublich. Da war einer der festen Überzeugung, das Alphabet eines neuen Lebens in den Händen zu halten. Stattdessen wurde der Ahnungslose mit ein paar Zeilen von Staates wegen zu einem gemacht, der hier nie zur Sprache kommen würde. Eine angekündigte Vernichtung. – Wegzustecken war so etwas nicht. Wie auch. Aber da war zum Glück noch die Malerei. Und Paula, das Atelier, die jungen Künstler. – Das hat dich anfangs noch irgendwie zusammengehalten. Bis du dich immer mehr verbissen hast in diese bescheuerte Idee, falls man sich in eine Idee überhaupt verbeißen kann. Sich die nicht gelebte Gegenwart in der Rückschau ermalen, um eine Zukunft zu haben. Mensch, Salim, so was kann doch nicht funktionieren! Aber gleich alles hinschmeißen – schade. Ich finde noch immer, mein Angebot war fair. Bahn-Abo gegen Ölbild. Du hast abgelehnt. Weil es mir nicht um das Bild ging, denn das hast du natürlich gemerkt. Eine Demütigung für den stolzen Syrer, nicht? Für mich wäre es eine Demütigung gewesen, wenn ich dir das Abo einfach so geschenkt hätte. Seis drum. Falls du doch wieder was zum Malen brauchst – alles schön eingelagert im Keller. Denn es gibt auch Geschichten, die gut ausgehen.

Mona nahm einen Schluck Prosecco, schüttelte sich. Sie schob den schmalen Kelch von sich weg, holte ein Bier aus dem Kühlschrank.

Aus Noëlles Zimmer drang ein helles, übermütiges Lachen. Mona lehnte sich vor, lauschte. Dann nahm sie einen Schluck. – Luca. Auch so eine Geschichte. Wie die ausging, würde sich noch zeigen. Sollten Salim und Kalila tatsächlich nicht erscheinen, gäbe es einen Spaghettiabend mit Noëlle, so viel stand fest. Höchste Zeit, dass sie sich mal ernsthaft nach dem jungen Mann erkundigte. Seit geraumer Zeit telefonierte Noëlle ja fast täglich mit ihm. Handballer in der Juniorenauswahl, Informatikstudent, Freiwilligenarbeiter im Altenheim, eingemietet in einer Frauen-Wohngemeinschaft. Mehr hatte sie ihr noch nicht aus der Nase ziehen können. Gesprächsbedarf gab es also genug, dachte Mona. Denn Väter schaute man sich besser genauer an, bevor sie welche waren.

Als sie vom Tisch aufstand, um nach dem Spaghettivorrat zu sehen, klingelte es.

Das Erste, was Mona sah, waren zwei prall gefüllte Papiertaschen, dahinter standen Salim und Kalila, ein herzliches, aber angestrengtes Lachen auf dem Gesicht.

„Willkommen!“, sagte Mona und wies ihnen den Weg in die Küche. „Schön, dass ihr da seid. Meine Tochter kommt auch gleich.“

Salim stellte die Tüten auf die Anrichte und schien einen Moment lang nicht weiterzuwissen. „Entschuldigen Sie, Frau Mona. Viel spät.“

„Kein Problem, Salim. Ihr kocht doch selbst – also wird nichts kalt. Und ich wusste ja, ihr würdet kommen.“

Kalila schien in einer der Taschen vergeblich nach etwas zu suchen, zog schließlich aus der anderen einen Markenduft in Duty-free-Verpackung heraus.

„I hope you like“, sagte sie, zuckte mit den Schultern und bedankte sich auf Arabisch für die Gastfreundschaft.

„Moment. – Essen ohne Wein nicht gut“, sagte Salim, hielt zwei Flaschen Rotwein in die Luft, als wären es Trophäen.

„Ach, Salim! Ich danke euch. – Aber kochen ohne Prosecco – das wird nichts.“

Mona holte die Flasche aus dem Kühlschrank, füllte zwei Gläser und suchte ein freies Plätzchen zwischen dem Gemüse, das die beiden bereits großflächig ausgelegt hatten.

Binnen weniger Minuten war ein großer Teil der Natursteinablage belegt mit Fladenbrot, Zwiebeln, Tomaten, Zitronen, Minzblättern, Schafskäse und einem Gläschen mit gemahlenem Kreuzkümmel. Rote Linsen und Bulgur mit Rosinen und Baumnüssen waren bereits fertig zubereitet und mussten nur noch angerichtet werden.

„Wollen wir anstoßen?“, sagte Mona. „Auf uns und auf alles!“

Kalila legte noch einen Bund glatte Petersilie zum Gemüse, Salim hatte das Glas schon erhoben.

„Wir bedanken Sie, Frau Mona.“

„Wir danken Ihnen!“, sagte Mona und lachte. „Und wir sagen uns du. Irgendwann lernst dus.“

„Kopf alt, Frau Mona“, sagte er, schlug sich im Spaß gegen die Schläfe und wandte sich den Tomaten zu.

Die beiden hantierten flink, routiniert, Worte schienen kaum nötig. Ab und zu eine dünne Frage von Kalila, eine zu laute Antwort von Salim, mehr sprachen sie nicht.

Der Holzfäller und die Frau von Welt, dachte Mona. Sie trug noch mehr Ringe als auf dem Foto. Wenn sie ehrlich war, hatte sie genau das erwartet. Aber gut. Salim war es zu gönnen, und nicht jedes Klischee war auch eines.

„Entschuldigung“, sagte Noëlle. „Die Hausaufgaben.“ Sie warf Mona im Vorbeigehen einen kecken Blick zu, stellte sich neben Kalila und Salim.

„Do you speak English?“

Noëlle schob die Ärmel des Kapuzenpullis hoch, steckte die Hände in die Hosentaschen.

„No“, sagte Kalila. „But me. – A little.“

„Kalila kein Deutsch, Salim kein Englisch.“

„Kein Problem, Salim“, sagte Noëlle. „Ich kein Arabisch.“

Bei Tisch wurde über das Essen gesprochen, die unterschiedlichen kulinarischen Kulturen, Tierrechte. Noëlle erkundigte sich nach dem Veganismus im arabischen Raum. Salim sprach mit Händen und Füßen und mithilfe von Google Translate vom wirtschaftlichen Stadt-Land-Gefälle, während Kalila religiöse Hintergründe der Beziehung zwischen Mensch und Tier ins Spiel brachte. Mona übersetzte nach allen Seiten, versuchte das Gespräch mit gezielten Einwürfen auf eine persönlichere Ebene zu bringen, aber ihr war, als wollten es Salim und Kalila bewusst vermeiden, ihre eigene Situation zum Thema werden zu lassen.

„Alles okay, Salim?“, sagte Mona, als Kalila den Schafskäse anbriet.

„Alles okay, Frau Mona. Ich bedanke Ihnen.“

Salim schaute an ihr vorbei, griff nach dem Wein und leerte das Glas in einem Zug. Dann wandte er sich wieder Noëlle zu, radebrechte über traditionelle Ikonografie, ließ sich von ihrem zunehmend angespannten Gesichtsausdruck nicht beirren.

Kalila stellte das Tabouleh und den Käse auf den Tisch, setzte sich Mona gegenüber. Schön, dass das noch geklappt habe, so kurz vor ihrem Rückflug, sagte sie. Die drei Wochen seien zu schnell vorbeigegangen, aber sie habe viele nette Menschen kennengelernt. Untergebracht sei sie bei Hans und Hanna, einem liebenswürdigen älteren Ehepaar, das freiwillige Flüchtlingsarbeit leiste. Noch zwei Tage also bleibe sie, dann fliege sie wieder zurück. Als Kinderbetreuerin in einem großen Betrieb verdiene sie zwar nicht schlecht, doch der Flug sei sehr teuer, und das Leben hier sowieso. Aber das spiele ja nun alles keine Rolle mehr, leider. Kalila fasste sich an die Nase, schaute weg.

Für einen Augenblick war es ganz still am Tisch.

„It doesn't matter anymore? What do you mean?"

Kalila schluchzte, tupfte sich mit der Serviette die Augenwinkel.

„It's okay", sagte sie, „It's okay." Das schmale Lächeln geriet ihr zu einem Strich.

„Nein, nicht okay", sagte Salim. Er schraubte die zweite Flasche auf, schenkte sich großzügig nach, leerte das Glas. „Kalila nicht okay, Frau Mona."

„Salim", sagte Kalila, streckte die Hand aus, zögerte, zog sie zurück. „Salim – no!"

Er setzte sich aufrecht hin, zog die Brauen zu etwas Endgültigem zusammen.

„Kalila Herz wie Stein." Er schlug sich mit der Faust auf die Brust. „Salim tot", sagte er, stierte auf seinen leeren Teller.

Kalila hatte die Ellbogen angelegt, sich kleingemacht; das goldene Kreuz, das im Dekolleté baumelte, zitterte. Noëlle zog mit dem Löffel Endlosschleifen in der übriggebliebenen Suppe.

„Salim", sagte Mona, „vielleicht sollten wir –"

„Nein, Frau Mona. Entschuldigen Sie. Salim gut. Alles gut."

Ohne den Kopf zu heben, stand Salim auf, ging zur Tür, wo er den Rucksack abgelegt hatte.

„Ich bedanke dir, Frau Mona", sagte er.

Dann fiel die Tür ins Schloss.

Wie oft habe ich dich angerufen seit dem Geburtstagsessen? Komm doch mal wieder vorbei, habe ich jedes Mal gesagt. Schwein, vom Hals, magst du doch. Garantiert gar gebraten. Aber immer hast du etwas zu tun, was ebenso gut vor- oder nachher getan werden könnte. Du willst keine Umstände machen. Niemandem zur Last fallen. Ich arbeite ja so viel, und ich hab doch Noëlle, und die Wohnung, die sauber zu sein hat, und die Wäsche, undundund. Seit Mama nicht mehr da ist, ist das alles noch schlimmer. Diese falsche Rücksichtnahme. Ob ich Zeit habe, für dich zu kochen und einen Abend mit dir zu verbringen, habe ich mir ja vielleicht überlegt. Schon mal dran gedacht? – Den andern schonen. Lieber im eigenen Saft schmoren. Warum tust du das? Aus lauter Liebe! Aber das ist einfach nur bescheuert. Denn diese Liebe ist unlauter. Sie ist vereinnahmend und übergriffig, die reine Bevormundung. Du schleppst die leeren Flaschen aus meinem Keller, obwohl ich dir gesagt habe, ich entsorge sie selbst. Aber du bist doch froh drum, sagst du. Du stellst mir ungefragt ein Multipack preisreduziertes Toilettenpapier vor die Tür. Das war im Angebot, sagst du, kann man doch immer gebrauchen. Nach jeder Reise rufst du an und fragst, ob ich gut angekommen sei. Das einzige Kind, man mache sich doch Sorgen. – Ich versteh das sogar, Vater. Aber mit Liebe hat das nichts zu tun. Das will ich sagen dürfen. Und ja, ich hätte es dir früher sagen müssen – Mama übrigens auch! Auf die Gefahr hin, dass du mich nicht verstanden hättest. Aber wie sagst du etwas, was du gar nicht weißt?

Irgendwie haben wir das mit der Liebe vermurkst. Dafür haben wir eine krude Mischung aus Fürsorge, Bevormundung, Vereinnahmung und schlechtem Gewissen erfunden. Und das nehme ich auch auf meine Kappe.

Was ist das für eine Liebe, wenn die Freiheit fehlt, Ausrufezeichen. Liebe ist immer bedingungslos. Der Vater liebt seine Tochter, weil sie seine Tochter ist. Punkt. Keine Bedingungen. Und umgekehrt: Die Tochter liebt ihren Vater – nicht für etwas, sondern einzig und allein deshalb, weil er ihr Vater ist. Aber natürlich, da fehlt etwas. Erfüllende Liebe geht anders. Sie braucht Inhalt. Ich meine: Ich will dich nicht nur deshalb lieben, weil du mein Vater bist. Das ist mir zu wenig; ich will dich nicht als – wie soll ich sagen – Beziehungsfunktion lieben, sondern als genau den Menschen, der du bist. Und ich will dich für etwas lieben. Bedingungslose Liebe plus. Wie damals als Kind. Ich habe dich geliebt, weil du unser Haus fast allein gebaut hast, du warst der Überhandwerker für mich, der Kannallespapa, der auch tatsächlich alles irgendwie gekonnt hat. Der Betonmischer warst du, der Armierer, der Maurer, Gipser, Dachdecker. Da habe ich auch angefangen, Josef richtig zu lieben, deinen Schwiegervater. Dafür, dass er mir immer mal wieder ein Geldstück in die Hand drückte, einfach so. Dafür, dass ich mit ihm auf der Vespa über zwei Pässe fahren durfte. Dafür, dass er mir ein Fahrrad schenkte, eines mit Körbchen vorne. Ich habe ihn geliebt, weil er so vollkommen anders war als Gottlieb. Gesagt hast du es nie, aber mir war schon als Kind klar, dass dir Josef der eigentliche, der Seelenvater war, bis zu seinem Tod. Dass er für den vierundzwanzigjährigen Schwiegersohn direkt neben seinem eigenen Grundstück Land kaufte und dann auch einen schönen Teil der Kosten für den Hausbau übernahm – das habe ich erst Jahre nach seinem Tod von Mama erfahren. Und ja, sogar für seinen Abgang habe ich ihn geliebt: Herzschlag im Bett. Gesund und weg. Ich bin überzeugt, Mama hat es ihm mit Absicht gleichgetan. Aber das ist ein anderes Thema. – Bleiben wir bei uns beiden. Ja, ich habe dich geliebt, wenn wir nach einem knackigen Aufstieg zu Füßen eines Gipfelkreuzes saßen und du mir die Namen der Panorama-Gipfel aufzähltest. Ich habe dich geliebt, wenn du mit dem weißen Austin auf einer abgelegenen Straße eine Vollbremsung machtest oder derart krasse Schlangenlinien fuhrst, dass ich auf der Sitzbank von einer Seite auf die andere geschleudert wurde. Ich habe dich geliebt für jede Reparatur am Puppenhausdach, für den Schmetterlingsdrachen, die Kastanienpferdchen, die Papierschiffe in der Badewanne.

Und später? Da hätten wir es merken sollen. Dass uns die Inhalte unserer Liebe verloren gingen, nach und nach.

Du hast dir Berufslehren für mich ausgedacht, Schnupperkurse für mich organisiert. Hotelfach, Energie, Banking. Etwas Kaufmännisches stelltest du dir vor. – Und dann hast du mich nicht daran gehindert, aufs Gymnasium zu gehen. Das vergesse ich dir nie. Weil ich ahne, was es dich gekostet hat. Du hast ja kaum Lesen und Schreiben gelernt in der Schule, hast gerade so den Abschluss gemacht. Auch wenn du es nie zugeben wolltest: Mama hat alle Briefe für dich geschrieben, bis zum Schluss. Du hast nicht mit dem Kopf gelernt, sondern mit den Händen. Und du hast genau gewusst, wenn du mich aufs Gymnasium ziehen lässt, in diese Kopfwelt, kommst du nicht mehr mit. Anfangs habe ich dir Bücher geliehen – oder besser: aufgedrängt, Gotthelf, Glauser, weil ich dich nicht zurücklassen wollte. Ich wollte dich an meiner Welt teilhaben lassen. Was natürlich unmöglich war.

Ich glaube, so ist es passiert. Das mit der Leerstelle zwischen uns, das mit der Nullspanne, die immer größer geworden ist.

Etwas Besonderes ist das nicht. Ich glaube sogar, wir hätten uns wieder angenähert, ich aus meiner Welt, du aus deiner. Wir hätten uns neue Inhalte für unsere Liebe geschaffen. Wäre da nicht Martin gewesen. Immer wieder er. Dass einem ein Totgeborener das Leben so schwer macht. Dir, Mama, mir. – Ich habe mich gefreut darauf, aufzubrechen in die neue Welt.

Ich war das junge Fohlen und ich war bereit für den Sprung über den Zaun der Koppel. Den Anlauf hatte ich tausend Mal geübt, die Grenzen zu Hause ausgetestet. Heimlich geraucht, absichtlich den letzten Bus verpasst, Cognac getrunken, nach dem Sportunterricht den Jungs beim Duschen zugeschaut. Ich war bereit. – Dann kam Martin, und meine ganzen Vorbereitungen waren umsonst, der Traum des Fohlens ausgeträumt.

Ich erinnere mich, dass ich einmal an einem Sonntagnachmittag einen Western geschaut habe, weil ich mit einer Hausarbeit in Französisch nicht weiterkam. Es muss ganz zu Beginn meiner Zeit am Gymnasium gewesen sein, und mir fiel zum ersten Mal auf, wie brutal die galoppierenden Pferde in diesen Filmen zum Stehen gebracht wurden. Immer waren es die Schlechten, die Hässlichen oder die Dreckigen, sie rissen die Zügel so brutal zurück, dass die armen Tiere auf den einknickenden Hinterbeinen zum Stillstand rutschten, das schäumende Maul weit aufgerissen. So sah das aus. Und genau so habe ich mich gefühlt. Wie der ausgebremste Gaul eines verschlagenen Revolverhelden.

Martin hat uns die letzte Freiheit genommen.

Bleibt die Liebe.

Immerhin bleibt die Liebe. Aber es ist ein Gemurkse, weil da immer die Angst mitliebt. Die Angst vor dem Verlust und die Angst vor der Ferne, was vielleicht gleich schlimm ist. Je größer diese Angst wird, desto stärker klammerst du. Du bevormundest, du vereinnahmst. Aus lauter Liebe. Und je stärker du liebst,

Vater, desto mehr sieht sich das Kind gezwungen, auf Distanz zu gehen. „Mechanichtsnutz", würde mein alter Physiklehrer wohl sagen.

Dabei will ich doch deine Nähe, ich will gar nicht weg von dir. Was bleibt mir also anderes, als dich meinerseits zu vereinnahmen und zu bevormunden.

Aus lauter Liebe.

Geh wieder in den Turnverein, Papa; da kommst du auf andere Gedanken. Gönnt euch eine Flussschifffahrt, Papa. – Ein Fahrrad hab ich dir gekauft, und Mama eine Haushaltmaschine. Wolltet ihr gar nicht. Brauchtet ihr gar nicht. Aber irgendeinen Inhalt musste die Liebe doch haben.

Diese verfluchte Liebe, die mich viel zu weit von dir wegtrieb und viel zu nah bei dir hielt.

Scheiße gelaufen mit unserer Liebe.
Denn du warst nicht leicht zu umarmen.
Immer zu nah. Immer zu weit weg.

Und der Tod ist ein ungewaschener Gangster.

Aber das alles hilft.
Es macht frei. Wirklich.

Je sichtbarer die Fortschritte wurden, die Johannes machte, desto intensiver beschäftigte er sich mit dem Tag seiner Entlassung aus der Höhenklinik. Ins Café ging er inzwischen ohne Gehhilfe, die Muskulatur im schwachen Bein war so weit erstarkt, dass er nicht mehr hinkte. Auf den Rundgängen im Park aber zeigte sich, dass das Bein noch keinen größeren Belastungen standhielt. Selbst im flachen Gelände zitterten die Muskeln nach wenigen hundert Metern, das linke Bein knickte bei jedem Schritt ein, schließlich zog es Johannes einfach hinter sich her, bis zur nächsten Sitzbank. Auch im dritten Monat seines Aufenthalts durfte er deshalb das Klinikgebäude nicht ohne Physiotherapeutin verlassen. Je nach dem, wer gerade Schicht hatte, machte Johannes nur eine kurze Runde oder er verzichtete ganz auf einen Spaziergang im Park. War aber Stine für ihn zuständig, entschied er sich für die große Schleife und setzte sich mit ihr auf die Aussichtsbank vor Eiger, Mönch und Jungfrau. An schlechten Tagen sprach sie ihm Mut zu, lobte seine Fortschritte, an guten Tagen spornte sie ihn an, schneller zu gehen, das schwache Bein bis an die Grenze zu belasten. Johannes war sich sicher, dass Stine ihm guttat, und beim Gedanken daran, dass er seine Runden schon bald zu Hause würde drehen müssen, wurde ihm eng im Hals.

Zum letzten Spaziergang wollte er ein Picknick mitbringen, Brot, Käse, eine Scheibe Speck. Und am Tag der Entlassung würde er beim Klinik-Kiosk eine Tafel Milchschokolade kaufen und sie damit überraschen. Unzählige Male hatte er sich vorgestellt, wie er ihr drei Küsschen auf die Wangen drücken würde. Eines zum Dank, würde er sagen, eines zum Abschied, und eines einfach so.

An einem Freitag Anfang September stand Johannes am Bahnhof des Höhenkurorts und wartete auf den Zug, der ihn zurück ins Unterland bringen würde. Vier schwere Monate lagen hinter ihm, vor ihm eine weitere Reise ins Ungewisse. Dass er sie ausgerechnet an Stines arbeitsfreiem Tag antreten musste, schien ihm wenig Gutes zu verheißen.

Am Abend zuvor war ihm mitgeteilt worden, dass er zwei Tage früher als vorgesehen entlassen werde, man brauche sein Bett für einen Notfall, seine Rehabilitation sei damit erfolgreich abgeschlossen. Man wünsche ihm alles Gute.

Johannes griff in die Tasche, die er auf den Boden gestellt hatte, zog die Schokolade heraus. Schon vor Tagen hatte er sie gekauft, für alle Fälle. Aber für diesen Fall war er nicht bereit gewesen.

Als der Zug einfuhr, riss er die Verpackung auf, brach trotzig ein Stück aus der Tafel und steckte es sich in den Mund.

„Stine“, sagte er und biss sich auf die Zunge.

Zum ersten Mal klingelte er an der Haustür.

„Na, siehst du“, sagte Rosa. „Ich habe immer gesagt, der Herrgott lässt uns nicht im Stich. – Gottlieb, schau, der Johannes! Und wie er geht!“

Rosa wies ihren Sohn ins Wohnzimmer, wo Gottlieb tief im Ohrensessel vor sich hindöste.

„Gottlieb, hörst du? Der Bub ist da“, sagte Rosa und drückte Johannes ein Glas Most in die Hand.

Gottlieb wandte unmerklich den Kopf und öffnete die Augen. In seinem Mundwinkel zuckte etwas.

„So, der Johannes“, sagte er.

„Ich bin wieder da, Vater.“

Er wartete, doch Gottlieb war bereits wieder in seine eigene Schwere gesunken.

Johannes tat einen Schritt auf den Ohrensessel zu, dann blieb er stehen. Sein linkes Bein zitterte, aber er spürte es nicht.

Als in der Waschküche Wasser eingelassen wurde, horchte er auf, presste die Lippen zusammen und nickte. Er stellte das halbvolle Glas auf den Küchentisch, ging in sein Zimmer und schloss die Tür. Von nebenan hörte er kurz darauf das Surren der Nähmaschine. Er ging auf und ab, die Hände zu Fäusten geballt. – Auf die Beine kommen, hat Stine gesagt. Vier

Monate habe ich dafür gebraucht. Aber ich habe es geschafft. Schlosser Haller steht wieder. Schlosser Haller geht. Und zwar so bald wie möglich. Denn hier hält mich nichts. Ich werde nicht gebraucht, und das, was ich brauche, gibt es hier nicht. Eine Anstellung, eine eigene Bleibe – beides werde ich finden. Denn wählerisch werde ich nicht sein.

Er war beim Fenster stehengeblieben, übersah das mit Maschendrahtzaun abgesteckte Revier seines Vaters. In der Ecke hoppelte eines der Kaninchen zu einem dünnen Büschel Gras.

Im Verlauf des letzten Ausbildungsjahres bei Schlossermeister Stutz waren sich Johannes und Samuel regelmäßig in der Werkstatt begegnet. Während Johannes nach Feierabend, manchmal auch an den Wochenenden, Zusatzarbeiten erledigte oder überfällige Werkstücke fertigstellte, war der Sohn des Schlossermeisters, ein gelernter Klempner, in seiner Freizeit mit der Sanierung des Waschraums und dem Einbau einer Toilette beschäftigt. In kurzer Zeit wurde der Kontakt der beiden verbindlicher, sie tranken nach Feierabend noch ein Bier, gingen ab und zu kegeln oder machten eine Radtour. Und nach Johannes' missglückter Lymphdrüsen-Operation hatte Samuel jede zweite Woche die dreistündige Reise in die Berner Alpen auf sich genommen, um seinen Freund zu besuchen.

Mit Freude nahm Johannes das Angebot von Schlossermeister Stutz an, probehalber ein paar Tage zu arbeiten. Er war eben erst vom Kuraufenthalt in der Höhenklinik zurückgekehrt und dankbar, auf diese Weise ins Arbeitsleben zurückfinden zu können. Schon am ersten Tag aber zeigte sich, dass Johannes der Belastung nicht gewachsen war. Die körperlichen Einschränkungen, die von der halbseitigen Lähmung herrührten, waren selbst durch besonderes Geschick nicht wettzumachen. Wenn er etwas Schweres hob, wenn er sich abrupt drehte, wenn er in die Hocke ging, immer wieder kam es vor, dass das linke Bein ohne Vorankündigung seinen Dienst versagte. Johannes quälte sich weiter, musste aber schließlich einsehen, dass es so nicht ging. Die Einsicht schmerzte umso mehr, als der Lehrmeister den hoffnungsvollen Jungschlosser gern weiterbeschäftigt hätte und ihm einen Anstellungsvertrag in Aussicht gestellt hatte.

Von da an hockte er im Eisenlager von Schlossermeister Stutz, machte sich nützlich, wo es ging, und wenn er nichts zu tun hatte, brütete er auf einem rostigen T-Träger vor sich hin. Am Mittag und nach dem Feierabend kam Samuel, brachte ihm etwas zu essen und ein Bier, schwieg so lange mit, bis er es nicht mehr aushielt. Nach Hause ging Johannes spät, und am Morgen, wenn Stutz das Werkstatttor öffnete, stand er schon wieder da.

Vier Tage schon hatte sich Johannes eingebunkert, als Samuel wie gewohnt nach Feierabend vorbeischaute. Er stellte zwei Flaschen Bier auf den T-Träger, dazu zwei Scheiben Brot, etwas Senf.

„Und das hier“, sagte er. „Morgen ist Samstag, keiner im Betrieb.“

„Danke“, sagte Johannes und steckte den Schlüssel zur Werkstatt ein.

„Johannes, mir ist etwas durch den Kopf gegangen“, sagte Samuel.

„Mir auch. Und das musst du dir jetzt anhören."
„Klar, schieß los."
Johannes rollte mit dem Fuß eine Eisenstange vor und zurück, stand auf, setzte sich wieder hin.
„Totholz", sagte er, stützte die Arme auf die angewinkelten Knie und fixierte die Stange am Boden. „Ich habe alles getan, um es zu verhindern. Jeden Tag habe ich gekämpft. Sogar gehen habe ich wieder gelernt. Und jetzt? Totholz sammeln im Wald, Hosenknöpfe annähen, Maikäfer fangen, die Werkstatt hier sauber machen, Gemeindestraßen ausbessern. Verstehst du? Genau aus dem Grund habe ich mich durchgebissen: um ein anderes Leben zu haben als mein Vater. Ein besseres. Aber so – schau mich an."
„Du bist nicht wie dein Vater, Johannes."
„Das weiß ich selbst. Und darum geht es auch gar nicht. Es geht um mein Leben, verstehst du. Hosenknöpfe. Ich könnte kotzen."
„Es gibt anderes als die Schlosserei. Warts ab."
„Ja, Maikäfer. Kapier das doch: Ich habe es nicht geschafft. Punkt. Kannst du dir vorstellen, wie sich das anfühlt?"
Samuel bestrich eine Scheibe Brot mit Senf, öffnete dann eine Flasche und stellte sie Johannes vor die Füße.
„Ich fang noch mal von vorne an", sagte Samuel. „Ich habe da eine Idee."
„Mir fällt schon lange nichts mehr ein."
„Dann hör jetzt einfach mal zu. – Also, ein Bekannter von Marie arbeitet in einem Montagebetrieb, irgend-

wo im Jura. Marie sagt, die suchen immer Monteure. Rollläden. Ausbildung bieten sie auch. Natürlich, ich weiß – aber einen Versuch wär das wert."

„Rollläden", sagte Johannes und gab der Eisenstange einen Tritt.

„Gut, dann lass es. Bleib in deinem Kinderzimmer hocken, sammle Totholz und hab Mitleid mit dir selbst."

Johannes nahm die Flasche und stand auf, lehnte sich gegen eines der massiven raumhohen Regale. Er gestikulierte, schien mit sich zu reden. Dann drehte er sich zu Samuel um, stand frei im Raum.

„Danke", sagte er.

An jenem Abend ging Johannes nicht nach Hause. Stattdessen übte er, sich auf seinen neuen Beruf zu freuen. – Vielleicht gar nicht so übel, da oben auf dem Baugerüst. Ruhe und viel frische Luft. Ein Firmenauto gehörte ja wohl dazu, Überlandfahrten, Übernachtungen im Hotel. Nun denn, sollte dies eine Möglichkeit sein, doch noch aus dem Kinderzimmer herauszukommen, dann wäre es ziemlich dumm, sie nicht nützen zu wollen.

Keine zehn Fahrstunden hatte Johannes für den Führerschein gebraucht, die Probezeit als angehender Rollladenmonteur ohne nennenswerte körperliche Beschwerden bestanden.

Es war ein prächtiger Sonntagnachmittag, als er im Lieferwagen der Rollladenfirma zu Hause vorfuhr. Obwohl er seinen Besuch angekündigt hatte, fand er Gottlieb schlummernd im Ohrensessel, Rosa schien gar nicht da zu sein. Sogleich machte sich Johannes daran, alles im Laderaum zu verstauen, was ihm gehörte oder von dem er glaubte, es würde nicht mehr gebraucht. Nachdem er die Hecktür abgeschlossen hatte, klopfte er sich den Staub aus dem Hemd und ging noch einmal ins Haus. Er legte einen Geldschein auf den Küchentisch, ging die Treppe hoch und warf einen Kontrollblick in sein Zimmer; Spuren, die an seine Anwesenheit erinnerten, fand er keine. Johannes zog die Tür zu, öffnete sie gleich wieder und ging in Rosas Atelier. Als er ans Fenster trat und sich nach den Kaktussen bückte, sah er die Mutter unten beim Kaninchenstall. Sie kniete neben einem Bündel Fell, griff sich immer wieder ans Herz, schickte irgendetwas zum Himmel. Sie kam ihm klein vor von da oben; er kniff die Augen zusammen, aber der Eindruck täuschte nicht.

Johannes nahm die Kaktusse, trug sie hinüber ins leergeräumte Zimmer, danach die Wolldecke, den Stuhl, die Lampe, den Tisch und die beiden Schachteln mit Kleidern. Alles war so arrangiert, wie Rosa es sich eingerichtet hatte, nur die *Bernina* fehlte noch.

Johannes war überrascht vom Gewicht der Nähmaschine, auf dem engen Flur zitterte sein linkes Bein, dass er fürchtete zu stürzen. Die Feierlichkeit, die er sich von diesem letzten Gang im Elternhaus erhofft hatte, stellte sich erst ein, als er die Maschine auf den Tisch stellte. Er schnaufte, dehnte sich das Kreuz, aber er fühlte sich leicht, als er die *Bernina* zurechtschob, an den Kanten ausrichtete, bis es passte. Johannes tat ein paar Schritte zurück und besah sein Werk. Er war zufrieden. Es war, als hätte es ihn hier nie gegeben.

„Nun komm schon, Stutz! Nicht schlappmachen jetzt."

„Wo sind wir denn?"

„Dritter Stock."

„Und wie hoch hinauf muss die Matratze?"

„In den fünften. Und ich würd gern heute noch da oben schlafen."

„Verstehe, der Herr Johannes schläft nicht gern auf dem Fußboden."

„Zudem wünscht der Herr Johannes, dass auch die zwei Schachteln mit den Kleidern und den Schuhen noch hochkommen. Danach gibts ein Bier."

Als das Bett und Johannes' wenige Habseligkeiten unter der Dachschräge platziert waren, zog Samuel Stutz aus einem schweren Arbeitsschuh eine Flasche Bier, sah sich im Zimmer um.

„Nichts gegen Holz, aber man kanns auch übertreiben, nicht?"

Johannes hatte sich längelang aufs Bett gelegt, das Kissen unter den Kopf geschoben und die Augen geschlossen.

„Fürs Köpfen bist du zuständig. Du bist der Klempner."

„Im Moment grad außer Dienst. Und das ist das Problem. Denn ich hab ziemlichen Durst."

„Herr Stutz, schicken Sie Verstärkung, Ihr Junior schafft es nicht, eine Flasche Bier zu öffnen. Rohrzange und Saugglocke hat er auch nicht dabei."

Samuel verdrehte die Augen, legte den Flaschenhals an einem der Bettpfosten an, und nach einer abrupten Abwärtsbewegung schepperte der Deckel über den Riemenboden.

„Voilà“, sagte Samuel. „Kein Kratzer am Bettchen. – Und was haben wir gegen den Hunger?“

„Im andern Schuh.“

Samuel fischte ein dickes Stück Wurst heraus, biss hinein, und gleich noch einmal.

Sie hatten sich vorgenommen, Johannes’ Einzug in die erste eigene Bleibe ausgiebig zu feiern. Und da sich gleich gegenüber eine Kneipe befand, war für alles Nötige gesorgt. Johannes ließ sich nicht lumpen. Nachdem das Appetithäppchen gegessen war, ging er hinunter, kaufte im *Engel* eine ganze Salami, dazu Brot, Essiggurken und italienischen Wein.

„Das klingt jetzt vielleicht billig“, sagte Samuel, als Johannes wieder in die Kammer trat, „aber ich habe immer gewusst, dass du es schaffst. Einer, der die Berge mag, ist auch ein guter Kletterer.“

„Lange genug angeschaut hab ich sie ja, vor allem die Jungfrau. Aber dass es mit dem Klettern geklappt hat – manchmal glaub ich es noch gar nicht.“ Johannes füllte die beiden Weingläser, warf den Korken übermütig in die Luft. „In einem halben Jahr vom Krüppel zum Monteur in Ausbildung. Wie sich das anhört.“

„Von der Scheiße aufs Baugerüst.“

„Sozusagen mit links!“

Johannes streckte Samuel das Glas entgegen, lachte ausgelassen. „Prost!“, sagte er, „auf mein kleines Reich.“

„Ist ja wirklich hübsch, die Bude", sagte Samuel. „So für den Anfang. Aber weißt du, was mich stört?"

„So für den Anfang sollte dich eigentlich nichts stören."

„Das hier", sagte Samuel und warf sich so heftig aufs Bett, dass die Federn ächzten. „Ehrlich. Dass ich diesen alten Furzkasten habe hochschleppen müssen. Du hättest dir besser ein Doppelbett gekauft. Marke *Eigermönch*, oder so. Und die Jungfrau kommt auch noch."

„Also heute bleibe ich besser beim Modell *Mönch*. Begleitung brauch ich keine; ich sehe schon jetzt doppelt."

„Ich mein es ernst."

„Das mit der Jungfrau?"

„Das mit dem Bett für die Frau."

Johannes lachte, steckte sich ein Stück Salami in den Mund und spülte nach. Dann wich etwas aus seinem Gesicht.

„Eins nach dem andern. Kleine Schritte, nicht übermütig werden. Damit bin ich gut gefahren."

„Gewiss. Nur – so eine wie diese Physiotherapeutin. O la la. Das kann schnell gehen."

Johannes ging zum Fenster, schaute auf die Straße hinunter. In seinem Hals pulsierte es. Ohne sich umzudrehen, sagte er: „Vielleicht von meinem ersten richtigen Lohn. Oder zu meinem einundzwanzigsten Geburtstag. Bis dahin furze ich noch ins Kinderbett."

„Na also. Das ist ein Wort. – Apropos, wo ist hier eigentlich die Toilette?"

Johannes leerte das Glas, zeigte mit dem Finger nach unten. „Halbetage. Aber erst anklopfen. Vielleicht hat Frau Meier gerade Sitzung."

Noëlle stand in der Tür, rückte Bluse und Frisur zurecht, als trete sie zum Appell an.

„Pünktlich?", sagte sie.

Mona fuhr zusammen, blickte unwillkürlich auf die Bildschirmuhr.

„Braves Kind", sagte sie, neigte sich zur Seite, um Noëlle am Bildschirm vorbei anzusehen. Der Lippenstift schien ihr allzu eilig nachgezogen zu sein, auch der süßliche Duft, den ihre Tochter verbreitete, musste erst vor Kurzem aufgetragen worden sein.

„Und?", sagte Mona. „Wie war er?"

„Sehr witzig."

„Ich meine den Film. – Im Ernst, ihr könntet euch doch mal hier treffen. Pierres Zimmer ist ganz hübsch geworden, finde ich. So als Lounge. Alles da."

„Luca ist ein guter Freund, Mama, nicht mehr. Sollte sich daran etwas ändern, wirst du es erfahren. Möglicherweise wirst du ihn sogar irgendwann kennenlernen."

„Oh, also das wär natürlich – aber macht euch keinen Stress. Es eilt ja nicht."

Mona verbarg ihr Schmunzeln hinter dem Bildschirm, ordnete mit aufgesetzter Geschäftigkeit lose Blätter, die auf dem Bürotisch lagen, Rechnungen, ausgedruckte E-Mails, Übersetzungsentwürfe für die Agentur. Noëlle schnaubte und verzog dabei das Gesicht. Aus Gewohnheit nahm sie das Handy aus der Gesäßtasche, prüfte den Eingang neuer Nachrichten. Während sie noch auf das Display schaute, ging ein Impuls durch ihren Körper.

„Noch immer nichts?“ sagte sie und steckte das Gerät wieder ein.

„Nichts.“

Mona starrte auf den Bildschirm.

Seit zwei Wochen fragte Noëlle täglich nach Salim, wenn sie von der Schule kam, manchmal spätabends nach der Rückkehr von irgendeiner Vergnügung. Die Begegnung mit dem Künstler hatte sie beeindruckt; die Konsequenz, mit der er der Welt und sich selbst begegnete, hatte sie allerdings auch verstört. Dass er die Tischrunde im Streit verlassen und sich seither nicht mehr gemeldet hatte, konnte sie noch immer nicht nachvollziehen.

Kalila war bestürzt sitzen geblieben, hatte viel geweint, getrunken, erzählt.

Vor dem Abendessen hatten die beiden noch einen Spaziergang am Flussufer gemacht, ihre Situation offen diskutiert. Kalila versuchte Salim klarzumachen, dass der ablehnende Entscheid des Migrationsamtes alles verändert habe. Abgesehen davon, dass eine offizielle Heirat allein aus juristischen Gründen unmöglich sei, komme es für sie nicht infrage, ohne Aussicht auf einen vernünftigen Job an einem Ort zu leben, wo er nicht würde bleiben können. Eine Beziehung zweier Geflüchteter sei ja an sich schon schwierig; unter diesen Umständen aber halte sie ein Zusammenleben für ganz und gar unmöglich. An ihrer Liebe jedoch, und das sei das Schlimmste am Ganzen, ändere das alles nichts.

Salim verstand nicht, oder er wollte nicht verstehen. Auf ihren Vorschlag, die Liebe und die Zweisamkeit nach Kuwait zu retten, bis ein Leben in Syrien wieder möglich wäre, ging er gar nicht erst ein. Stattdessen machte er ihr bittere Vorwürfe. Tausend Mal habe er ihr gesagt, dass er nie in so einem Land wohnen werde. Er sei bestimmt nicht hierher geflüchtet, um am Ende Händchen haltend an den Ort zu ziehen, wohin er auch gleich hätte gehen können. Nein, dafür habe er den ganzen Stress der letzten zwei Jahre nicht auf sich genommen. Sie wisse ganz genau, dass es für ihn ein Leben unter lauter Islamisten nie geben werde. Lieber anerkenne er, dass die Liebe zum wichtigsten Menschen in seinem Leben nach zehn Jahren gescheitert sei.

Einig waren sie sich letztlich einzig darin, Mona nicht zu enttäuschen und das Versprechen, sie und ihre Tochter zu bekochen, auch einzulösen. Das seien sie ihr schuldig.

Wortlos gingen sie einkaufen, stumm und verstockt fuhren sie zu Mona und Noëlle. Aus Respekt und Dankbarkeit versuchten sie am Herd und später bei

Tisch das glückliche Paar zu geben, das sie nicht mehr waren, die Liebenden, die sie hier nicht sein konnten.

So viel Kraft, hatte Kalila nach Salims zornigem Aufbruch gesagt, so viel Kraft hätten sie gehabt, so viel Liebe, so viel zu wenig. Denn hier sei kein Weiterkommen. Nirgendwohin.

Dann war auch sie gegangen.

Noëlle fuhr sich durchs Haar. Mit der Schuhspitze schob sie die Handtasche, die sie vor sich auf den Boden gestellt hatte, zur Seite, dann wieder zurück.

„Kalila?“, sagte sie.

„Auch nichts.“

„Wir könnten doch in der Kita anrufen. Sie arbeitet bestimmt wieder.“

„Noëlle, überleg mal, wie viele Kitas es in Kuwait gibt. – Wir können nur warten. Sie hat meine Nummer; hätte er sich bei ihr gemeldet, glaub mir, wir wüssten davon.“

„Und was sagt das Asylzentrum? Das Migrationsamt?“

„Er ist verschwunden.“

Noëlle formte den langen Schulterriemen zu einem Schnabel, zu einer Schnecke, zog ihn über den Fußboden, bis die Tasche umkippte.

„Weißt du was“, sagte sie und hob die Tasche vom Boden auf, „irgendwann, mitten in der Nacht, steht er vor der Tür und holt das eingelagerte Material ab. Oder wir bekommen eine Ausstellungsflyer. Oder eine Einladung zur Hochzeit. Oder –“

„Genau. Eine Einladung zur Hochzeit“, sagte Mona.

Sie schloss sämtliche offenen Dokumente, fuhr mit zwei Mausklicks den Computer herunter und ging an Noëlle vorbei aus dem Arbeitszimmer.

„Du wirst sehen, Mama. Glaub mir."

„Gute Nacht", sagte Mona. „Träum schön."

Vor dem mächtigen Portal bildete sich nach und nach ein lebendiges Spalier, dirigiert von einem jungen Mann in festlich schwarzem Anzug. Krankenschwestern und Klempner in Arbeitskleidung fanden ihren Platz, die Männer auf der einen, die Frauen auf der anderen Seite des schmalen Weges, der den großzügigen Eingangsbereich von der Zugangstreppe her querte. Johannes lehnte etwas abseits an der Kirchhofmauer, beobachtete die Leute, die im Hof größere und kleinere Grüppchen bildeten. Viele Bekannte gingen an ihm vorbei, ehemalige Schulkameraden, Arbeitskolleginnen aus seiner Zeit bei *Weber Textilien*, Totholzsammler, die er von den Streifzügen mit seinem Vater kannte.

Während das Spalier seine endgültige Form fand, warf sich Johannes das Sakko über die Schulter, schaute mit prüfendem Blick an sich hinunter. Das weiße Hemd saß ebenso tadellos wie die schwarze Hose aus feiner Baumwolle, die Schuhe hatte er mit schwarzer Creme auf Hochglanz poliert. – Immerhin, so konnte man sich sehen lassen. Und irgendwie stand man in den eigenen Kleidern ganz anders da, fester und sicherer, und man fühlte sich zugehörig.

„Noch fünf Minuten“, verkündete der junge Mann, der für das Spalier verantwortlich schien. „Alle bleiben jetzt an ihrem Platz. Wenn die beiden rauskommen, will ich die Rohrzangen und Blutdruckmesser wirbeln sehen.“

Johannes wischte eine Fussel von der Hose, steckte beide Hände in die Taschen und schaute in den wolkenlosen Himmel. – Na, Robert, das hättest du nicht gedacht. Gutes Tuch, selbst gekauft. Weißt du noch? Als sie dich verbuddelt haben, stand dein Gratis-Kuhhirt ganz hinten und hätte viel drum gegeben, er hätte sich unsichtbar machen können. Vaters Hochzeitshose, von Mutter auf den kleinen Hintern zugeschnitten. Ich hätte mir ein zweites Loch gewünscht – und ich wäre reingesprungen. Aber ich musste stehen bleiben und mir die ganze pfarrherrliche Sülze anhören. Du wunderbarer Mensch – um ein Haar hätte ich dir vor die endgelagerten Füße gekotzt. – Nun treffen wir uns also wieder. Aber heute wird gefeiert.

In Johannes’ Mundwinkel zuckte es. Dass seine Eltern nicht da waren – erst jetzt merkte er, dass es ihm doch etwas ausmachte. Da gehörten sie nicht dazu, hatten sie am Telefon gesagt, das sei nichts für sie. Er könne ja vorher vorbeikommen, wenn er wolle. Johannes war nicht hingegangen; als Gast bei den Eltern wollte er nicht bloß geduldet, sondern gewollt sein, erst recht, weil sie einander seit mehr als einem Jahr nicht gesehen hatten.

„Achtung – jetzt!“, sagte der junge Mann. Zu den satten Orgelklängen, die aus dem offenen Kirchenportal erschallten, dirigierte er gestenreich die Rohrzangen auf der einen und die Blutdruckmesser auf der anderen Spalierseite.

Johannes zog das Sakko an, schnallte den Gürtel enger und ging zum Ende des Spaliers, wo er das Brautpaar in Empfang nehmen und beglückwünschen wollte.

Der Auszug aus der Kirche hatte bereits begonnen. Die Frischvermählten führten die Hochzeitgesellschaft an, blieben auf der Schwelle kurz stehen, küssten sich und gingen dann, umtanzt von drei ganz in Weiß gekleideten Blumenmädchen, durch das Spalier, das mittlerweile gesäumt war von zahlreichen Freunden und Bekannten, die eben noch im Hof auf den feierlichen Augenblick gewartet hatten und nun gerührt applaudierten.

Auf halbem Weg hatte es sich Johannes anders überlegt. Er wollte sich nicht vordrängen, sondern auf den richtigen Moment warten. So verfolgte er das Spektakel aus der dritten Reihe, nahm ein Rosenköpfchen vom Boden auf und steckte es sich ans Revers. Als Samuel und Marie vorbeischritten, nickte er würdevoll, beinahe andächtig, gerade so, als gäbe er dem frisch vermählten Paar den weltlichen Segen.

Für die Hochzeitsgäste hatte Schlossermeister Stutz den Platz vor der Werkstatt geräumt. Auf Holztischen wurde zwischen buntem Blumenschmuck ein üppiges Buffet präsentiert; Samuels Mutter hatte es sich nicht nehmen lassen, die Fäden selbst in die Hand zu nehmen. So waren auf dem einen Tisch die stattlichen Platten mit Wurst und Schnittfleisch, das Speckbrot in Form eines Doppelmaulschlüssels und die verschiedenen Sorten Käse arrangiert, während auf dem anderen selbst gemachte Kuchen lockten, sogar eine Zwetschgentorte, die mit rosafarbener Zuckermasse übergossen war und aussah wie eine riesige Liebestablette.

Johannes bewegte sich ungezwungen unter den Gästen, stellte sich bald zu den Klempner-Kollegen des Bräutigams, die noch immer stolz die Arbeitskleider trugen, bald unterhielt er sich mit Samuels ehemaligen Klassenkameraden, die er noch vom Schulhof kannte, flüchtig, aber immerhin mit Namen.

Als er endlich dem Brautpaar gegenüberstand, suchte er vergeblich nach Worten. Stattdessen drückte er den beiden ungelenk die Hand und lachte ein hilfloses Lachen, das von Herzen kam. „Es soll gelten“, sagte er schließlich und schien froh, dass die Brautführerin zu ihnen trat. Während sie Marie etwas ins Ohr flüsterte, sah sie Samuel an, schien ihm in festlichem Übermut zuzwinkern. Dann nahm sie die Braut bei der Hand und führte sie weg.

Die junge Frau war Johannes schon beim Auszug aus der Kirche aufgefallen. Unter all den hübsch zurechtgemachten Damen war sie herausgestochen durch ihre ausdrucksvolle Schlichtheit. Unverkrampft und vollkommen natürlich war sie ihm vorgekommen in ihrem knielangen, spitzenlosen Rock, den halbhohen Pumps und dem offenen, ungeschminkten Gesicht.

„Die zwei“, sagte Samuel und deutete auf die beiden Frauen, die eben im Haus verschwanden. „Da hab ich mir was eingebrockt.“

„Zwei? Ich würde mich auf eine beschränken. Das macht vieles einfacher. – Eine Freundin von Marie?“

„Aber mit eigenem Kopf, und mit etwas drin.“

„Ziemlich hübsch ist er auch.“

„Sag das nicht. Ich kann jetzt nicht mehr zurück“, sagte Samuel und lachte schallend. „Und du? – Was treibst du so unter dem Dach?“

„Ach so. – Das Übliche. Im Sommer bring ich Stechmücken um und im Winter frier ich mir den Hintern ab.“

„Ich seh schon, da bleibt wenig Spielraum.“

Diesmal lachten beide, griffen fast gleichzeitig nach einem Glas Weißwein und prosteten einander zu.

Gegen drei waren die meisten der Hochzeitsgäste gegangen. Samuels ehemalige Klassenkameraden feierten mit ein paar Krankenschwestern im *Bären* weiter, wer zum abendlichen Bankett eingeladen war, hatte sich zurückgezogen für ein Nickerchen. Von den Köstlichkeiten auf den Tischen war nicht viel übrig, Wurst und Käse schwitzten gleichermaßen, die Torten waren unter der hochstehenden Herbstsonne zerlaufen. Nach und nach wurden die Reste des Buffets in die Küche getragen.

Johannes war der Einzige, der weder einer der Hochzeitsfamilien zuzurechnen war noch eine offizielle Aufgabe zu erfüllen hatte. Er fühlte sich deshalb verpflichtet, sich nützlich zu machen, packte beim Zusammenklappen der Tische mit an, trug leere Gläser und Flaschen ins Haus. Immer hatte er dabei die Brautführerin im Blick, die flink überall da zur Hand ging, wo Unterstützung nötig war. Seit er sich mit Samuel unterhalten hatte, war sie ihm jedes Mal, wenn sie an ihm vorbeigehuscht war, noch schöner und anmutiger vorgekommen, und dann und wann bildete er sich gar ein, sie habe ihm einen Blick zugeworfen oder mustere ihn durch das offenstehende Küchenfenster.

Johannes schaute auf die Uhr und rechnete. Wegen der langen und umständlichen Rückreise blieb ihm höchstens noch eine Stunde. Er beschloss deshalb, sich direkt beim Hauseingang auf die Blumenkiste zu setzten, die Frau Stutz mit Dahlien in allen Farben bepflanzt hatte. – Vielleicht nicht die feine Art, dachte er, und ganz sicher nicht sehr originell. Aber wenn man mit jemandem unbedingt ins Gespräch kommen wollte, dann durfte man nicht zimperlich sein. Ohne ein Wort von ihr nach Hause zu fahren, dafür war es jetzt Gott sei Dank zu spät.

Ein hoher, spitzer Schrei durchdrang die unaufgeregte Geschäftigkeit im Hof. Johannes blickte geradeaus zu den Tischen, wo sich ihm ein merkwürdiges Schauspiel bot. Die junge Frau strauchelte auf halbem Weg zur Küche, versuchte vergeblich, das schwer beladene Tablett im Gleichgewicht zu halten, und fiel schließlich längelang hin. Die Scherben der berstenden Flaschen und Gläser tanzten zu Tausenden über den staubigen Boden.

Nachdem sie die Orientierung wiedergefunden hatte, rappelte sie sich hoch und begann sogleich, die größeren Glasstücke zusammenzusuchen. Johannes blickte um sich, holte in der Küche Schaufel und Besen und eilte ihr zu Hilfe.

„So war das nicht gemeint“, sagte Johannes.

„Ich trage sonst nie Pumps.“

„Haben Sie sich wehgetan?“

„Nur das Knie. Geht schon, es blutet nicht. – Aber was heißt: So war das nicht gemeint?“

„Hab ich das gesagt?“

„Gerade eben.“

„Ach so – also – das war dumm von mir.“

„Na ja. Sie haben sich wenigstens freiwillig hier auf den Boden gesetzt“, sagte die junge Frau.

„Der Sturz sah ziemlich übel aus. Ich dachte –“

„Das tun die meisten. Die wenigsten aber tun auch was, wenn sie fertig gedacht haben.“

„Ich hätte gerne mehr getan. Ich meine, seit Sie aus der Kirche gekommen sind, habe ich mir überlegt, wie ich – Sie ansprechen könnte. So aber – so war das nicht gemeint.“

Die Brautführerin hielt inne, hob den Kopf. Die Mundwinkel, die der Schmerz schiefgezogen hatte, entspannten sich.

„So so“, sagte sie, streifte sich die Schuhe von den Füßen und setzte sich neben Johannes, ohne das verletzte Knie eines Blickes zu würdigen. „Aber es hat funktioniert“, sagte sie, schob den Rock über die Knie und schlug die ausgestreckten Beine übereinander.

„Was soll ich sagen – Sie sind mir sehr entgegengekommen.“

„So war das nicht gemeint.“

„Dann sind wir ja gewissermaßen quitt. Ich fühle mich jedenfalls geschmeichelt. – Es ist ja nicht so, dass mir täglich Frauen vor die Füße fallen.“

Johannes war es, als hörte er einen reden, den er nicht kannte. Noch nie hatte er so mit einer Frau gesprochen, und er war froh, als die Stimme von Frau Stutz über den Hof schallte.

„Das ist ja ein Bild!“, rief sie aus dem Küchenfenster. – „Soll ich einen Arzt rufen?“

„Der Verputz ist weg, sonst alles bestens. – Bis zum Tanz mit dem Herrn Bräutigam bin ich wieder auf den Beinen.“

„Und das mit den Scherben bringen wir auch in Ordnung“, sagte Johannes.

Frau Stutz winkte und schloss das Fenster. Ein paar vorwitzige Sperlinge pickten Kuchenkrümel vom Boden, die Hauskatze hielt sich noch auf Distanz.

„Jetzt sitzen wir da und wissen nicht weiter“, sagte Johannes. Er glaubte ein Schmunzeln in ihrem Gesicht zu sehen.

„Hat das etwas zu bedeuten?“

„Es ist ein Zeichen.“

„Sie kennen sich da aus?“

„Ein gutes.“

„Wir sollten uns du sagen. Ich kenne dich.“

Johannes richtete sich auf, suchte ihren Blick, doch sie schnitt mit einer Scherbe irgendwelche Formen in den trockenen Boden.

„*Weber Textilien*“, sagte sie. Du warst der Laufbursche. Ich machte eine Bürolehre auf dem Sekretariat.“

„Und wieso habe ich Sie nie gesehen?“

„Ich habe vor allem für Herrn Weber persönlich gearbeitet. – Er mochte dich. Jeder mochte den Johannes. – Und dann warst du weg. Krank, hieß es. Aber du kamst nicht zurück.“

Er klopfte etwas aus den feinen Fasern der Hose, griff nach einem Kieselstein. Erst wiegte er ihn in der einen, dann in der anderen Hand, schließlich warf er ihn in hohem Bogen auf das Werkstattdach.

„Du hast Recht“, sagte Johannes. „Wir sollten uns du sagen.“

„Sag ich doch. – Verena.“

„Also ich weiß nicht, ob ich das gut finde, Mama. Du wolltest nie ein Bild von ihm, und jetzt, wo er verschwunden ist –“

„Ich habe nur gesagt, lass uns mal gucken“, sagte Mona. „Und mein Arbeitszimmer gehört im Übrigen immer noch mir. – Ich dachte mir einfach, du interessierst dich auch für seine Arbeiten. Aber du kannst ja schon mal das Wasser für die Spaghetti auf den Herd stellen.“

Mona räumte einen Packen Altpapier zur Seite, ebenso das Fahrrad, das seit geraumer Zeit wegen eines aufgeschlitzten Reifens eingelagert war, zog dann die in starkes Papier eingeschlagenen Bilder von Salim zwischen Kühltruhe und Vorratsregal hervor. Noëlle schien sich noch nicht entschieden zu haben, ob sie an der Werkschau in Abwesenheit des Künstlers teilhaben wollte. Sie lehnte am Klimaschrank, den Pierre kurz vor dem Überfall auf das Goldschmiedeatelier angeschafft hatte.

„Das hier fühlt sich an, als würden wir im Privatleben eines Toten stöbern, Mama.“

Mona riss mit einem Ruck das letzte Klebeband von der Verpackung.

„Spaghettiwasser?“

„Siehst es so aus?“

„Dann hör jetzt mal zu. Salim hat uns diese Bilder anvertraut, weil er weiß, dass sie bei uns gut aufgehoben sind. Ich halte ihn für einen ausgezeichneten Maler. Und diesen Maler möchte ich gerne noch besser kennen lernen, ich habe ja nur die paar Bilder in der Ausstellung gesehen. Je besser ich den Maler kenne, desto mehr erfahre ich über den Menschen, davon bin ich überzeugt.“

Mona zerknüllte das Klebeband, klemmte den Klumpen auf dem Gepäckträger des Fahrrads fest. Dann kniete sie sich hin und schlug das Papier auseinander.

Die Ikone, die zuoberst auf dem Bilderstapel lag, hatte sie bereits in der Ausstellung gesehen. Beige-, Weiß- und Türkistöne, und jetzt, da sie das Gemälde aus der Nähe betrachtete, erkannte sie erst die Präzision der Formen und Muster, die Sicherheit des Strichs, der den Augen Marias eine unabsehbare Tiefe verlieh. Mona hob das Heiligenbild vom Stapel, legte es sorgfältig zur Seite.

„Boah, Mama! – Das ist übel. Der reine Kitsch“, sagte Noëlle, die ihrer Mutter über die Schulter sah.

Ein blond gelocktes Mädchen saß am Meeresufer auf einem Felsen, blickte in seinem hellblauen Rüschenkleidchen ins geschäumte Meer hinaus, während ein orange-violetter Himmel in zahlreichen Abstufungen bis in reine Weiß noch an die eben untergegangene Sonne erinnerte.

„Aber siehst du, wie gut das gemacht ist?“, sagte Mona.

„Es ist einfach nur schrecklich.“

Mona verzichtete auf eine weitere Verteidigung, hob stattdessen weitere Bilder vom Leinwandstoß, eine ganze Reihe von Landschaften, Idyllen ohne Menschen in abenteuerlichen Farbkompositionen, Bilder zwischen fantastischer Verklärung und beinahe fotografischer Naturtreue.

„Und wieso hat Salim solche Bilder gemalt? In seiner Heimat?“, sagte Mona.

„Ich dachte, er hat sie hier gemalt.“

„Ja, aber es sind Originalkopien.“

„Bahnhof.“

„Er hat die zerstörten Bilder noch einmal gemalt. Das erzähl ich dir ein andermal, wenn du willst. – Siehst du die Sehnsucht in diesen Landschaften? Die heile Welt im Thema, in den Farben – man malt diese Welt, weil es sie nicht gibt. Und wir nennen das Kitsch.“

„Mama. Wir sind hier nicht in der Schule.“

„Stimmt. Denn hier lernen wir etwas. Die Lektion heißt: Was wissen wir schon von der arabischen Welt. – Diese Bilder hier sind vielleicht nicht Salim, aber sie sind Ausdruck der orientalischen Kultur.“

„Verstanden, Frau Lehrerin. – Und das da?“, sagte Noëlle, indem sie mit dem Finger auf drei lose, in der Mitte gefaltete Blätter zeigte.

Mona legte die Bögen auf dem Kellerboden aus, Noëlle kniete sich neben sie.

Nach all den Ölgemälden empfanden sie die Schlichtheit der Bleistiftskizzen als Wohltat. Was sie allerdings gezeichnet sahen, ließ sie näher zusammenrücken. Eines der Blätter zeigte einen schmerzverzerrten Kopf, der von drei schmutzigen Händen traktiert wurde. Eine hielt dem Kopf die Augen zu, eine den Mund und die dritte steckte ihm den gestreckten Zeige- und Mittelfinger ins Ohr, so, als würde er exekutiert. – Auf dem mittleren Blatt ein Messer in einer Henkersschlinge. Am äußersten Ende der Klinge klammerte sich ein Mann fest, hielt Schneide und Holzgriff in einem prekären Gleichgewicht und versuchte zugleich, den tiefen Fall in ein riesiges Blumenmeer so lange wie möglich hinauszuzögern. Am linken und am rechten Rand ragten massive Klippen ins Bild. Bei genauerem Hinsehen schienen sie menschliche Züge zu tragen. Zwei Gesichter, die voller Zorn das Maul aufrissen. – Das Blatt unmittelbar vor Noëlle, ebenfalls lediglich eine Skizze, schien auf den ersten Blick um einiges gefälliger als die anderen: Drei Dutzend lateinische Großbuchstaben ragten unübersichtlich arrangiert aus dem aufgerauten Meer. Darüber der dunkle Himmel.

„Cool, sagte Noëlle. Das Buchstabenmeer."

„In dem einer ersäuft. – Siehst du? Hier, genau in der Mitte des Blattes ragen ein Kopf und zwei Arme aus den Fluten. – Direkt vor dem Buchstaben S.

„S wie Salim", sagte Noëlle. „Mama, das reicht."

Sie erhob sich mit einem Ruck, schüttelte sich einen Krampf aus dem Bein. „Mama“, sagte sie noch einmal und schaute auffordernd auf ihre Mutter hinunter, die unverwandt auf den Ertrinkenden starrte.

„Okay“, sagte Mona. „Al dente, bitte. – Ich bleibe noch einen Moment bei Salim.“

Ja, es nervt. Es nervt sogar tierisch. Weil es einfach beschissen ist. Aber auch deshalb, weil ich immer überzeugt war, du hast das im Griff. Ich war mir sicher, dass ihnen die Hormonspritzen den Garaus gemacht hatten für immer. Wirklich, ich hatte keine Zweifel. Ganz im Gegensatz zu dir. Du hast immer vom Krebs gesprochen, nach jedem PSA-Test, selbst in jener Zeit, als er nicht mehr da war. – Jetzt hast du ihn also wieder. Nach dem Schnitzel, das ich für dich nicht nur durch-, sondern totgebraten hatte, rücktest du heraus mit der Sprache.

Das glaube ich nicht, habe ich gesagt. Ich habe dir in die Augen geschaut und nichts gesehen. Irgendwie war das unheimlich. Kein Gefühl, kein Gedanke, deine Augen waren leer. Das kann doch nicht sein, habe ich gesagt. Dann hast du nach dem Nachtisch gefragt.

Aber gut. Lange genug hattest du mich hingehalten. Bis gestern, um genau zu sein. – Jetzt ist mir klar, weshalb. Nicht belasten wolltest du mich, wo ich doch schon genug um die Ohren habe. Lieber in der Kacke sitzen bleiben, man hat ja gelernt einzustecken. Das eigene Kind hingegen, das einzige, das einem geblieben ist, muss man schonen, um jeden Preis.

Aus Liebe, nicht wahr.

Aus lauter verdammter Liebe.

Und ich?

Ich habe die Geologie überlistet. – Aber das muss ich dir erklären: Vorgestern lernte Noëlle spät noch für eine Prüfung. Tektonik – das ist das mit den Erdplatten. Anhand der Unterrichtsnotizen hat sie mir von den Kontinenten erzählt, die sich unter der Erdoberfläche bewegen. Platten der Erdkruste, die auf dem Erdmantel aufliegen und darauf „herumspazieren“. Ein Wort von ihr. Beim Zuhören habe ich plötzlich gedacht, das Bild passt: Wir zwei Kontinentchen, du und ich, wir spazieren auf dem Mantel, der unseren gemeinsamen Kern umhüllt. Es zieht die beiden zugleich zueinander hin und voneinander weg. Ein ständiges schmerzhaftes Ziehen und Zerren auf dem Boden der Tatsachen. Ein Spaziergang ist das allerdings nicht, sondern ein freudloser Krampf. Aber was wollen sie machen, die Kontinente. Gegen die Urkräfte kommen sie nicht an, aufhören zu wandern, das ist nicht drin; aufhören wollen sie im Übrigen auch nicht. Vielleicht den Spazierweg ändern, die Route korrigieren? Aber wie denn! – Also bleibt nur eines: Wir zwei Kontinentchen müssen, wir dürfen Noëlle beim Wort nehmen. Spazieren. Wie man das halt macht: ungezwungen nebeneinander hergehen, mal schneller, mal langsamer, vor oder zurück, warum nicht, über alles Mögliche reden oder schweigen, ab und zu ein Päuschen einlegen, sich auf eine Bank setzen. Weißt du, wie ich meine? Nur das. Nur so. Wir definieren unsere Tektonik ganz einfach neu: Wir driften nicht mehr, wir spazieren. Wir kümmern uns nicht mehr um zu viel oder zu wenig Nähe, zu viel oder zu wenig Distanz. Wir spazieren einfach. – Na, was sagst du? Ich kenne die Antwort. Hör doch auf mit dem Mumpitz, würdest du sagen. Was redest du für dummes Zeug. – Keine Angst, Vater, du musst gar nichts tun. Ich mach das. Ich glaube, ich kriege das jetzt hin, auch gefühlsmäßig. Ein Spiel, und du spielst einfach mit, du merkst es gar nicht. Wir spielen *Spaziergang auf dem Mantel.*

Wie das klingt, habe ich gedacht.

In der einen Hand das Weißweinglas, in der andern ein Willkommens-Häppchen, standest du am Fenster, schautest hinüber zum Neubau. Schon fast fertig? Das ging aber zügig, hättest du sagen können; das wäre ein schöner Satz zum Anwärmen gewesen. Oder: Sieht eigentlich gar nicht so klotzig aus, jetzt, wo es gestrichen ist, und der Blick hinüber zur Kirche ist überhaupt nicht verstellt. Oder: Sogar ein Baumhaus und ein kleiner Seilgarten; das ist mal ein Spielplatz.

Noch vor ein paar Monaten hätte ich von dir erwartet, dass du so etwas sagst. Wider besseres Wissen.

Denn du sagtest natürlich: Graublau, wer kommt denn auf so eine Idee.

Noch vor ein paar Monaten hätte ich gedacht: Du lernst es nie, Vater. Ich hätte mich maßlos aufgeregt über deine negative Sicht auf die Welt und das Leben, über den Gottlieb in dir. Der Abend wäre ein Ziehen und Zerren geworden, ein einziges Gemurkse. Die Urkräfte hätten gewirkt, und das Kontinentchen Mona, das sich dir wieder einmal nahe fühlen wollte, wäre schon kurz nach der Begrüßung sehr weit weggedriftet.

Aber alles halb so schlimm. Seit vorgestern spazieren wir ja.

Ich habe mich also zu dir hingestellt, dir die Hand auf die Schulter gelegt. Nur das. Nur so.

Das Schnitzel brat ich heute durch. Versprochen, habe ich gesagt. Und Noëlle hat alles eingekauft für die Oma-Mama-Verena-Mousse.

Dann habe ich dich stehen lassen, den Salat gewaschen, mich an die Karotten gemacht.

Paps, habe ich gesagt und den Kopf geschüttelt.

Ich habe angefangen, und du hast es gar nicht bemerkt. Stimmts? – Beinahe wäre es ein guter Abend geworden. Dann waren die Tierchen da. Und jetzt weiß ich auch nicht weiter.

Andreas Neeser
Fliegen, bis es schneit
Roman
208 Seiten, fest gebunden mit Schutzumschlag
€ 19.90
ISBN 978-3-85218-731-0

Isabelle Meisters Leben verläuft in geordneten Bahnen. Ihre Ehe mit Simon ist solide, ihr Job abwechslungsreich, und auch der Traum vom eigenen Haus mit Garten und Kinderschaukel scheint bald schon Wirklichkeit zu werden. Da begegnet ihr am Bahnsteig ein smarter Musiker mit graumelierten Schläfen, dessen leidenschaftliche Avancen sie zunächst faszinieren. Der Flötist aber entpuppt sich als obsessiver Erotomane, der die lebensfrohe Isabelle verfolgt und bedroht. Verletzt und verunsichert in ihrer gesamten Existenz, geht sie dennoch weiter ihren Weg auf dem schmalen Grat zwischen Selbstverlust und Autonomie, Angst und Zuversicht.

Andreas Neeser legt einen packenden Roman vor, der exemplarisch die Fallhöhe des Glücks vorführt und mit beeindruckender Tiefenschärfe die Suchbewegungen einer jungen Frau auslotet. Einmal mehr beweist Neeser darin sein Gespür für eine subtile Dramaturgie der Innerlichkeit. Nicht zuletzt ist *Fliegen, bis es schneit* ein Buch, das bei aller Abgründigkeit Lust macht auf den Reichtum des Lebens.

„Packend, lebendig und hochpoetisch beschreibt Andreas Neeser die Spannungsverhältnisse zwischen Zufall und Schicksal, Obsession und Freiheit, der Lust, alles zu wollen, und der Angst, das Liebste zu verlieren."
Katja Lange-Müller

Andreas Neeser
Zwischen zwei Wassern
Roman
184 Seiten, fest gebunden mit Schutzumschlag
€ 17.90
ISBN 978-3-7099-7132-1

Die Welle ist da, bevor man sie sieht – und nichts ist mehr, wie es war. Ein Paar pflückt Muscheln auf den Granitfelsen von Feunteun Aod in der Bretagne, als unvermittelt eine mächtige Brandungswelle vor den beiden aufsteigt. Véro wird unwiederbringlich ins offene Meer hinausgetragen, der Mann überlebt wie durch ein Wunder. Und genau das ist sein Problem. Die körperlichen Verletzungen lassen sich kurieren – wie aber das Schicksal des Überlebenden annehmen?

Ein Jahr nach dem Unfall reist der Zurückgebliebene erneut in das kleine bretonische Küstendorf. Hier will er Abschied nehmen, sich mit dem Meer und sich selbst versöhnen. Die Dorfbewohner helfen ihm dabei ebenso wie sein Freund Max, der sich eine ganz besondere Therapie für ihn ausgedacht hat ...

In seinem neuen Roman findet Andreas Neeser eine beeindruckende Sprache für die existenziellen Fragen nach Schicksal, Zufall und Schuld. Er lässt uns die Kraft der Natur am bretonischen Atlantik erfahren – und erzählt zugleich die berührende Geschichte einer großen Liebe, die über den Tod hinweg lebendig bleibt.

„Andreas Neeser hat eine vorsichtige, fragile, doch kraftvolle Sprache, sie ist fein, sie ist bitter, sie ist leise, sie ist verletzlich. Und genau. Also schön. Ruhig, aber dann unerwartet auf einmal: ein schwarzes Loch, man kann nicht alles wissen. Aber es wird uns viel gesagt. Über Zufall und Schicksal, Leben und Tod, über Liebe und Liebe. Wortnähe und Herznähe: Das haben wir selten.“
Péter Esterházy

Andreas Neeser
Unsicherer Grund
Erzählungen
104 Seiten, Taschenbuch
€ 17.90
ISBN 978-3-85218-635-1

Andreas Neeser erzählt von rastlosen Zeitgenossen: Büchersammlern, Stadtstreunern, Reiseberatern, Fußballern, Klippenwanderern und Immobilienmaklern. Sie alle sind auf der Suche – auf der Suche nach den eigenen Denk- und Lebbarkeiten jenseits aller vorgefertigten Wahrheiten. Entlang von zarten Vergangenheitsfäden bewegen sie sich zurück in ihre Erinnerungen, in die Gerüche, Geschmäcker und Gefühle ihrer Kindheit, wo sie Antworten erhoffen auf die Vieldeutigkeiten des Lebens. Doch das Haus der Erinnerungen steht auf dem unsicheren Grund von Ahnungen, Möglichkeiten und Konjunktiven. So sind es die kleinen Schritte, denen es sich zu stellen gilt. Neesers Figuren tun es ohne jedes Selbstmitleid oder Pathos, und wir gehen ebenso fasziniert wie berührt ein Stück des Weges mit.

Mit außergewöhnlicher sprachlicher Sensibilität gestalten die Erzählungen Andreas Neesers eine vielschichtige Topografie der alltäglichen Gefährdung und der Sehnsucht nach dem eigenen Ich – und versammeln sich zu einem wunderbar hellen Buch.

„Der Aargauer Autor Andreas Neeser zeigt sich in seinen Geschichten und Gedichten als sensibler Chronist des Augenblicks. Seine knappen Texte überzeugen durch sinnliche Exaktheit.“
NZZ am Sonntag, Manfred Papst

www.haymonverlag.at